Rolf Hurdelhey

Der Fahrstuhl nach oben war besetzt

Autobiografie

Bibliografische Information der Deutschen Nationalbibliothek:
Die Deutsche Nationalbibliothek verzeichnet diese Publikation in der Deutschen Nationalbibli-
ografie; detaillierte bibliografische Daten sind im Internet über http://dnb.dnb.de abrufbar.

Impressum

© August 2020
ISBN: 9783751996273
Covergrafik: Gabriele Merl | www.merlimerl.com
Lektorat, Satz und Redaktion: Sabine Dreyer | www.tat-worte.de
Coveridee: Katharina Stuht, Bad Harzburg
Herstellung und Verlag: BoD - Books on Demand, Norderstedt

Der Fahrstuhl nach oben war besetzt

Rolf Hurdelhey

Vorwort

»Dann schreiben Sie doch mal ein Buch«,
sagte eine Journalistin, die mich 2011 wieder mal im Kellerstudio meines Hauses in Schildow bei Berlin besuchte, um mit mir ein Interview für ihre Zeitung zu führen.

Nun war ich aber ein vielseitig beschäftigter Musiker – als Saxofonist, Klarinettist, Sänger, Kapellen- oder Orchesterleiter und vieles mehr –, kein routinierter Schreiberrrrrrrrrrling, wie Reich-Ranicki sagen würde.

Durch die Kriegsjahre war auch meine Schulzeit ziemlich lückenhaft, zumindest in den höheren Klassen. Unterricht fand kaum noch statt. Meine Mutter und mein älterer Bruder Gerd haben im heute sogenannten Homeschooling einiges ausgebügelt; mein Vater, der sechs Tage in der Woche arbeitete, übernahm am Wochenende die körperliche Ertüchtigung von Gerd und mir. Im Sommer sind wir immer mit dem Fahrrad zum Baden an die Havel gefahren, oder wir suchten im Grunewald zum Fußballspielen einen geeigneten Platz – da, wo zwei Bäume das Tor darstellten.

Meinen ersten Roman habe ich im Alter von sechs Jahren, gerade mal mit den ersten Buchstabenkenntnissen, in Sütterlinschrift verfasst. Das Schriftstück existiert heute noch. Es hat den Titel »In der Hallig« und schildert ein tragisches Ende am Meer.

Später hat sich in meinem Leben öfter mal die Gelegenheit geboten, ein paar beauftragte oder gewünschte Zeilen zu schreiben. U. a. bekam ich für zwei »Arrangierschulen« den Auftrag, meinen Beitrag zu leisten. In der Zeitschrift »Melodie und Rhythmus« konnte man öfter mal etwas von mir lesen, und letztlich gibt es ja auch schon ein Sammelwerk meiner Erlebnisse mit Musik, welches ich in 31 Schreibmaschinenseiten im Jahr 2010 verfasst habe, im Copyshop binden ließ und in kleiner Auflage an Freunde und Bekannte verschenkte. Das sogenannte Feedback (wie man heute so sagt) war damals ziemlich schwach. Ich habe mühsam zusammengezählt: Es waren ganze fünf Rückmeldungen, die sich mit interessierenden Fragen bei mir meldeten. Oft kam auf meine Frage, wie denn mein Buch gefallen habe, die Antwort: »Ja, ja, ich bin bloß noch nicht dazu gekommen« oder: »Ich hab schon mal angefangen. Jetzt werde ich aber bald weiterlesen.« Inzwischen waren mehrere Jahre nach meiner Schenkaktion vergangen! Was ich damit zum Ausdruck bringen will, ist: Der Erfolg war kein großer!

Nun starte ich einen zweiten Versuch. Es gibt mehrere Gründe, warum ich das tue: Nach Abschluss des ersten Buches habe ich festgestellt, dass die 31 Schreibmaschinenseiten doch nicht ganz ausreichen, um das Wesentliche meines inzwischen 93-jährigen Lebenslaufes zu Papier zu bringen. Wir durchleben gegenwärtig in Deutschland beziehungsweise in der ganzen Welt das große Corona-Problem, welches den eigenen Aktionsradius stark einschränkt und dadurch den meisten von uns Gelegenheit bietet, Dinge oder Vorhaben anzugehen, die nicht geplant waren und auch nicht zur Normalität des Alltags gehören. Ich habe durch die Begegnung mit dem Schriftsteller und Journalisten George Tenner, den ich aus meinen Engagements in den Sechzigern in Ahrenshoop an der Ostsee kenne, wichtige Hinweise bekommen, die mir Mut machen, dieses Projekt nochmals anzugehen.

Ich wurde in Zeiten der Weimarer Republik geboren, habe die Hitler- und Kriegszeit erlebt und auch in der Nachkriegszeit mitgehungert. Dann gab es drei Jahre Demokratie in Deutschland, ehe mich die damalige DDR in ihre Arme schloss bis zur sogenannten Wende – ein riesengroßer Meilenstein in meinem Leben.

Mit der Wiedervereinigung konnte ich endlich wieder ungehindert nach Westberlin-Charlottenburg, dem Stadtteil meiner Kindheit, fahren, um verblasste Erinnerungen aufzufrischen. Ich blühte noch mal richtig auf, obwohl ich zu diesem Zeitpunkt nicht mehr der Jüngste war. Die dann folgende Zeit wird noch ausgiebig in diesem Buch behandelt werden. In einer Wochenzeitschrift in unserem Kreis Oranienburg schrieb einmal ein junger Journalist als Überschrift auf der Titelseite mit einem groß angelegten Bild von mir: AUFHÖREN GEHT NICHT! Und so scheints denn auch zu sein.

Ich werde in den folgenden Kapiteln meine Lebenserinnerungen in größtmöglicher, wahrheitsgetreuer Weise darzustellen versuchen, weil ich mich auch als Zeitzeuge der jeweiligen politischen und gesellschaftlichen Verhältnisse sehe. Den nachfolgenden Generationen möchte ich damit einen authentischen Einblick in jene Zeit ermöglichen.

Schließlich wünsche ich dem geneigten Leser viel Geduld, und wenn er oder auch sie dieses Buch lesen wird, bedanke ich mich schon mal im Voraus an dieser Stelle.

Kinderjahre

Am 4. Januar 1927 wurde ich in der Pfalzburgerstraße in Berlin-Wilmersdorf geboren. Vielleicht war es ein Sonntag, denn es sollte mir beschieden sein, in meinem späteren Leben öfter mal Glück zu haben, wie es Sonntagskindern mit in die Wiege gelegt wird.

Warum wurde ich in Berlin geboren?

Meine Eltern, Heinrich und Erika Hurdelhey, geborene Hieronymus, beide Nachbarskinder in Blankenburg am Harz, verspürten schon in jungen Jahren den Drang »Raus aus der Kleinstadt - rein ins Großstadtleben«. Dann wurde erst einmal mein Bruder Gerd 1921 zur Welt gebracht. Man wohnte zur Untermiete in einem Zimmer bei einem Zahnarzt und trachtete schnell danach, eine größere Wohnung zu bekommen. Sei noch erwähnt, dass meine Mutter - wir nannten sie später alle »Mulle«, ihren Partner Heinrich (»Heini«) überredete, in die Metropole Deutschlands mitzukommen. Meine Mutter hatte sich schon vorher bei ihrer älteren Schwester Toni in Berlin eingenistet. Sie bekam durch ihre Ausbildung als Stenotypistin gleich eine Anstellung in der Geschäftsstelle einer der vielen Parteien, die es um diese Zeit noch in Deutschland gab.

Mein Vater Heini hatte seine Banklehre in Blankenburg abgeschlossen und fand auch gleich einen geeigneten Job – wie man heute sagt – bei einer Bank, der finanzielle Sicherheiten bot (übrigens konnte er nach dem Krieg 1952 dort wieder anfangen). Wir zogen also in die Hektorstraße, eine Querstraße vom Kurfürstendamm, gleich in der Nähe vom Lehniner Platz. Man wohnte im sogenannten Gartenhaus, was der bessere Ausdruck für Hinterhof war. Hier war die Miete nicht ganz so hoch gegenüber der des Vorderhauses.

Abbildung 1: Familienausflug, die Jungs im Matrosenanzug

Jetzt aber zur näheren Betrachtung der Herkunft meiner Eltern: Papa Heini war der Sohn meines Großvaters Heinrich Hurdelhey, der als Bauernjunge in dem Dorf Silstedt bei Wernigerode aufwuchs und auch schon den Schritt in die Stadt, nämlich Blankenburg am Harz, wagte. Opa Heinrich wurde Hausdiener im ersten Hotel am Platz, dem »Weißen Adler« und heiratete Emma Müller, die »Plätterin«, wie sie in einer alten Heiratsurkunde bezeichnet wurde. Diesen Großeltern, Oma Emma und Opa Heinrich, habe ich unendlich viel zu verdanken.

Inzwischen hatte sich Opa Hurdelhey ein Haus in der Blankenburger Klosterstraße gekauft und war mit einem sogenannten Bier-Verlag, in dem auch Mineralwasser und verschiedene Sorten Brauselimonade verkauft wurden, Geschäftsmann geworden. Ein Siphon-Behälter für 5 Liter Bier, auf dem dick erkenntlich die Firmenbezeichnung meines Opas zu lesen ist, steht heute noch in der oberen Ecke meines Arbeitszimmers. Diese Geräte wurden damals mit Kohlensäuredruck gefüllt, sodass der Kunde das Erlebnis hatte, ein wie im Lokal ausgeschenktes Bier zu bekommen, natürlich mit schön geformter Blume.

Abbildung 2: Biersiphon

In allen Schulferien wurden wir Kinder, Gerd und ich, nach Blankenburg verfrachtet. Papa setzte uns in Berlin am Potsdamer Bahnhof in den Zug (meistens war es ein billiger Bummelzug, der überall Station machte), und Opa holte uns mit dem Automobil in Halberstadt ab. Apropos Bummelzug. Ich habe damals mitgezählt. Der hielt zwischen Magdeburg und Halberstadt vierzehnmal auf einer Entfernung von ca. 50 Kilometern.

Die Sommerferien dauerten auch damals schon bis zu sechs Wochen, sodass Oma Emma und Opa Heinrich viel zum »Gedeihen« von Bruder Gerd und mir beitrugen. Ich könnte sehr viele Einzelheiten aufzählen. Nur so viel: Oma bestand darauf, dass ich schon mit sechs Jahren in der städtischen Badeanstalt von Blankenburg schwimmen lernte. Oma forcierte auch das Zusammenkommen aller Nachbarskinder, um mit uns auf dem kleinen Hof vor dem Haus Fußball zu spielen. Der Hof hatte Kiesboden und einen Zaun mit gefährlichen Spitzen. So hielt der kleine Gummiball nicht lange, und es musste ein neuer im Spielwarenladen in der Tränkestraße besorgt werden. Die notwendigen 50 Pfennig waren schnell bei Oma erbettelt und weiter gings. Und ich konnte, wann immer ich wollte, Brauselimonade frei nach Geschmackswahl trinken. Von Oma bekam ich jederzeit die begehrte Schmalzstulle.

Als ich neun Jahre alt war, durfte ich beim traditionellen Schützenfest in der Kinderklasse, wo Pusterohr-Schießen angesagt war, mitmachen. Obwohl ich die meisten Ringe erzielte, versagte man mir den Titel des Schützenkönigs, weil ich kein Einheimischer war. Der erste Karriereknick in meinem Leben! (Siehe Buchtitel). Aber Oma hat sich gefreut, weil ihr das ganze Zeremoniell mit der Verköstigung aller Schützen erspart blieb.

Weil mein Opa Heinrich mit seinem Bier-/Mineralwasservertrieb nicht so richtig über die Runden kam – so erzählte man damals –, stieg er noch ins Mietwagengeschäft ein. Auch zu Gerds und meiner Freude. Wir konnten nun öfter, wenn die Fahrgäste nichts dagegen hatten, den Harz miterleben und waren bald als kundige Erklärer dabei. Ich erinnere mich an eine Fahrt »Rund um den Brocken« im sechssitzigen Cabriolet. Wir hatten englische Gäste, und ich machte von meinen ersten englischen Vokabeln Gebrauch, die ich gerade in der Schule gelernt hatte. Es war Ostern, und plötzlich fing es an zu schneien. Als die Tour vom Torfhaus bergab nach Bad Harzburg ging, fing der Motor von Opas Protos (so hieß die Automarke) an zu qualmen und machte schlapp. Irgendwie sind wir aber dann doch nach Hause gekommen.

Es gab noch etliche, andere Fahrten, die mein Opa mit seinen Mietwagen den Gästen anbot. Z. B. die Fahrt ins Selketal. Die führte in den östlichen Teil des Harzes. Der Bauplatz für die heute schon berühmt gewordene Rappbode-Talsperre war die erste Station. Damals war da noch nix! D. h. man sah ein großes Tal, in dem fast alle Bäume abgehackt waren, und ganz unten, ziemlich versteckt, verlief ein kleines Bächlein. Es hieß, dass noch eine große Staumauer gebaut werden soll, und durch den Zufluss dieser Bode (im Harz gibt es sieben Boden!) später einmal ein riesengroßer See entstehen würde. Die Fahrt ins Selketal ging dann weiter durchs Bodetal über die bekannten Orte Altenbrak, Treseburg und Friedrichsbrunn. Im Selketal waren dann mehrere Ausflugslokale, die sich mit Kaffee und Kuchen auf den Gästeansturm vorbereitet hatten.

Mein Opa Heinrich war wohl einer der ersten Automobilbesitzer in Blankenburg. Ich kann mich auch erinnern, dass er öfter mal ein anderes, zwar gebrauchtes, aber für uns neues Auto präsentierte.

Mit einem Sechsitzer-Cabriolet führte mal eine Tour zur Hundeausstellung nach Berlin. Im Fond des Autos, Marke Horch Zwickau, befanden sich sechs Personen und ich – zwei große Schäferhunde mussten auch noch untergebracht werden. Die lagen unter den Vordersitzen und schienen sich dort ganz wohlzufühlen. Konnten sie auch, denn Opa steuerte die edle Ladung betont vorsichtig über die Landstraße Nr. 1, nie schneller als mit vierzig Kilometern in der Stunde und mit mindestens zwei größeren Pausen unterwegs. Wenn getankt werden musste, weil solch ein Automobil sich gern mit mehr als 20 Liter Benzin pro 100 Kilometer ernährte, war der Vorgang an der Tankstelle eine mehr oder minder anstrengende Leibesübung. Da waren zwei große Glasbehälter, und die mussten mit Muskelkraft durch Hin- und Herbewegen eines langen Holzschwengels voll Benzin gepumpt werden. Immer wenn ein Behälter mit fünf Liter Benzin vollgepumpt war, wurde das Benzin per Schlauch in die Tanköffnung des Autos geleitet. Bis 40 oder 50 Liter erpumpt waren, verging schon ein Weilchen.

Die Hundeausstellung wurde nach mehr als sieben Stunden Reisezeit erreicht, und anschließend konnte Opa mich bei meinen Eltern abliefern.

Nun muss ich auch noch erzählen, wie die Personenbeförderung unter dem Logo »Müller-Hurdelhey« zustande kam: In der mittleren Etage des Hauses meiner Großeltern in der Klosterstraße 18 wohnte der Bruder meiner Oma Emma. Das war Karl mit dem schönen »Volksadelnamen« Müller. Der war eigentlich Stromableser beim hiesigen Lichtwerk, das es damals als eine der Raritäten in Deutschland gab. Karl Müller soll meinen Opa überredet haben, das Personen-Beförderungsgeschäft zu vergrößern. Ein Omnibus wurde, natürlich mit Kredit von der örtlichen Spar- und Gewerbebank, gekauft, und

Onkel Karl war mit von der Partie. Mit diesem Gefährt wurden nun auch Harzpartien veranstaltet.

Abbildung 3: »Omnibus Müller-Hurdelhey« Vorn rechts: Papa Heini, im Fenster vorn Rolf und Onkel Karl

Lange hielt aber diese »Koalition« nicht. Man lebte sich auseinander, und Karl Müller machte sich mit seinem Omnibus selbstständig. Er hatte später sogar zwei solcher Transporter, richtete eine ständige Fahrtenlinie Blankenburg-Braunschweig ein, verkaufte diese wieder an die Post und war ein gemachter Mann. In der Blankenburger Herzogstraße konnte er sich am Besitz einer schönen Villa erfreuen, bis die Geschichte ein trauriges Ende nahm. Man fand Karl Müller, den Bruder meiner Oma, meinen Großonkel, bald nach Kriegsende ermordet in einem Kornfeld zwischen Bad Suderode und Gernrode.

Interessant wurde es auch, wenn ich mit dem Kutscher – so nannten wir Hermann Heise, der als Ausfahrer bei meinem Großvater angestellte war – mitfahren durfte. Die Ware waren Holz- und Blechkisten in mehreren Formaten. Wir lieferten sie in viele Orte des Harzes, und unterwegs wurde meistens gut gefrühstückt. Wenn wir im Gasthaus »Barthauer« in Hüttenrode Station machten, freute ich mich besonders auf das 2. Frühstück, das war Tartar mit Ei!

Der größte Teil von Opas Kundschaft wohnte in großräumigen Villen, im höher gelegenen Teil von Blankenburg. Man sagte, dass sich hier in der sogenannten Gründerzeit viele betuchte, pensionierte Beamte und Staatsdiener aus Braunschweig, Hannover usw. niedergelassen hätten und dadurch diese ansehenswerten Häuser entstanden sind. Wenn wir am Gartenzaun eines solchen Grundstücks klingelten, kam meistens ein Dienstmädchen oder der Butler, um die Ware anzunehmen. Manchmal gab es fünf Pfennig oder 'nen Groschen Trinkgeld. Ansonsten betrieb die Firma Hurdelhey Direktverkauf aus dem Flur des Hauses. Da kam es schon mal vor, dass abends, wenn wir gerade beim Abendbrot saßen, noch mal geklingelt wurde. Oma stand dann auf, fertigte den Kunden oder die Kundin mit schmeichelnden Worten und Anreden wie: »Frau Geheimrat« oder »Frau Direktor« ab und kam dann fluchend wegen der abendlichen Störung zurück. Ich kann mich erinnern, dass ich sie einmal nachgeäfft habe, weswegen sie dann doch böse wurde. Dauerte aber nicht lange!

Wie der Bier- und Mineralwasserverlag damals funktionierte, muss hier doch noch ein bisschen genauer erklärt werden: Das Bier wurde in großen Holzfässern entweder von den größeren Brauereien der Umgebung, »Schultheiß« in Halberstadt und »Hasseröder« in Wernigerode, per Lastwagen direkt angeliefert, oder es kam von weit her per Expressgut mit der Eisenbahn. In der kleinen Fabrikhalle hinter dem Haus wurde es dann in mühsamer Handarbeit in Flaschen abgefüllt. Vorher kamen zurückgegebene leere Flaschen in eine Spülwanne und wurden mit einer Bürste einzeln gereinigt. Jede Flasche bekam, wenn sie gefüllt war, zwei Etiketten aufgeklebt. Opa hatte vorgedruckte Rechnungsexemplare, auf denen 21 verschiedene Biersorten aufgeführt waren. Mit Brauselimonade war das Verfahren anders. Opa hatte verschiedene Essenzen, wie z. B. Zitrone, Waldmeister oder Himbeere, mit denen er daumenbreit jede Flasche füllte und dann anschließend mit dem Druck einer großen Kohlensäureflasche über einen Spezialapparat Wasser hinzufügte. Das Etikettierverfahren war das gleiche wie beim Bier. Oft habe ich dabei geholfen.

Als ganz große Besonderheit – im Gegensatz zu meinem Kinderleben in Berlin – empfand ich in Blankenburg die Anwesenheit eines Hundes. Da war Alruth, ich meinte immer »der Hund», obwohl es wohl eine ausgewachsene Hündin war. Man kann sagen, ich liebte dieses Tier. Ich durfte ihn, wann immer ich wollte, ausführen. Das war allerdings damals gar nicht so einfach. Wenn Alruth nur einen anderen Hund in der Nähe verspürte, knurrte er (oder sie) und wurde kampfeslustig. Mitunter hatte ich Schwierigkeiten, das große Tier zu bändigen. Einmal im Sommer ging ich mit Alruth baden, das heißt, der Hund musste ein paar Mal in der Pferdetränke, die in der Schützenstraße war, hin und her schwimmen. Damit war sein Sauberkeitsritual erfüllt, und er roch nicht mehr ganz so doll nach Hund!

Alruth war auch Opas Liebling. Der hatte ihm manches Kunststück beigebracht. Auf das Kommando »Herrchen schwitzt!« kam Alruth an und nahm Opa, der sich natürlich ein bisschen vorgebeugt hatte, die Mütze vom Kopf. Pfötchen geben war selbstverständlich auch im Programm. Beim Abendbrot saß Alruth mit am Tisch und bekam eine Leberwurststulle, manchmal auch zwei. Und nachts durfte Alruth unter Opas Schreibtisch schlafen.

Abbildung 4: Rolf, Gerd, Mulle und unser Hund Alruth vor der Haustür in der Kloster-
straße 18

Jetzt zum mütterlichen Teil meiner Eltern: Meine Mutter Erika war die jüngste Tochter des Ehepaares Paul und Hedwig Hieronymus, geborene Jäschke. Sowohl der Hieronymus-Zweig als auch die Jäschke-Familie haben allerhand Wissenswertes aufzuweisen. Aber zunächst muss ich erst mal ein bisschen über meine Mutter berichten. Sie war zwar klein, aber mit Abstand die temperamentvollste Person in unserer Familie. Ein gutes Herz hatte sie. Wenn man nur an die Tierliebe denkt!

Als wir Mäuse in unserer Wohnung hatten, musste eine Falle aufgestellt werden. Mulle bestand darauf, dass es eine Art Käfig war, in dem die Maus weiterlebte. Mit diesem Käfig schickte sie mich dann in den Keller, um die Maus mit der Beigabe eines Stücks Speck zu entlassen.

Außerdem hatten die drei Töchter der Hieronymus' alle gelernt, mit Tieren umzugehen. Eines der Hobbys von Vater Paul waren Aquarien und Terrarien mit Reptilien und Amphibien. Als besondere Begebenheit wurde erzählt: Vater Paul ging wieder mal wegen seiner ständigen Schützenfestbesuche auf Reisen und mahnte die Mädchen, während seiner Abwesenheit auf die Salamander, die gerade laichten, aufzupassen. Plötzlich schien ein Tier tot zu sein. Da kam Tante Ilse, die zweitälteste Schwester meiner Mutter, auf die Idee, das Tier mit Freiübungen wiederzubeleben. Das soll funktioniert haben, und der Fall war erledigt. Von einem Chamäleon, das immer die Farbe seines Untergrundes annahm und im Wohnzimmer herumspazierte, war auch die Rede.

Mulle war auch sehr gutmütig. Ich weiß noch, dass sie Herrn Holler, ein ganz armer Witwer, im Dachgeschoss unseres Hauses in Berlin regelmäßig mit warmen Essen versorgte.

Im Nachlass meiner verstorbenen Mutter fand ich ein kleines Büchlein, in welchem sie aufhebenswerte Kleingeschichten von uns Kindern aufgeschrieben hat. Einige davon will ich dem Leser nicht vorenthalten:

Rolf, drei Jahre alt, ist bei Tante Toni zu Besuch. Er kippelt in der Küche mit dem Stuhl, fällt runter und sagt: »Bei euch komm ich nicht wieder, da fallen alle Stühle um«!

Papa kommt abends von der Arbeit nach Hause, beide Jungs kloppen sich – es ist ein Heidenkrach in der Wohnung –, und Papa sagt: »Was ist denn hier los, ich komm mir ja vor wie ein Tierbändiger«. Darauf die Antwort von Rolf: »Ach Papa, binde mir doch nicht an die Tür!«

Mein Bruder Gerd geht morgens in die Schule, befiehlt meiner Mutter, dass Rolf nicht mit seinen Kasperlefiguren spielen darf. Als Gerd nach Haus kommt, prahlt ihm Rolf triumphal entgegen: »Ätsch, ich habe deinen Torpaster (gemeint war Puppen-Pastor) doch gehabt«!

Als meine Mutter meinem Bruder, der in der 1. Klasse des Gymnasiums Französisch lernte, abends die Vokabeln abhörte und Gerd stotterte, rief ich vom Kinderbett aus die richtige Lösung zu. Diese Vokabeln der französischen Sprache habe ich bis heute noch behalten, die Sprache selbst leider nie erlernt. Zu meiner Zeit war dann schon Englisch die erste Fremdsprache im Gymnasium.

Meine Mutter schrieb auch, dass ich, als ich vier Jahre alt war, laut singend auf dem Hof unseres Hauses in der Hektorstraße stand und die Melodie »Das ist die Liebe der Matrosen« schmetterte. Bettler, die es damals öfter gab, hatten mir vorgemacht, wie man mit dieser Methode Geld verdienen konnte. Meine Mutter mahnte von oben: »Rolfchen, du sollst doch nicht so laut singen.« Ich antwortete: »Aber Mutti, du hast doch immer kein Wirtschaftsgeld, ich muss doch Geld verdienen!«

Unseren Hausmeister, der oft im Rollstuhl im Hof des Hauses saß und der nur ein Bein hatte, tröstete ich: »Onkel Kinne, dein Bein wachst wieder!«

Meinen Großvater Paul Hieronymus habe ich nie kennengelernt. Er starb zehn Jahre vor meiner Geburt. Paul hatte als junger Mann von seiner Mutter fünfzigtausend Goldmark geerbt. Damals, Mitte des 19. Jahrhunderts, war das 'ne Menge Geld. Jedenfalls konnte Opa Paul – er hatte irgendwas mit Berg- und Wegebau studiert – seinen Hobbys frönen, ohne eine feste Arbeit anzunehmen. Seine Mutter hatte nach dem Tod ihres Ehemanns ein kostbares Anwesen verkauft. Die Hieronymus' besaßen seit Jahrhunderten ein Rittergut namens »Schloss Schöneiche« in Schlesien, das mir nur noch als kleines Bild erhalten ist.

Ganz geheimnisvoll wurde immer erzählt, dass der Adelstitel dieser Familie irgendwann mal ganz leichtsinnig verspielt worden sei. Von diesem Opa besitze ich noch einige holzgeschnitzte Bilder, die große künstlerische Fähigkeiten aufzeigen. Auch Intarsienarbeiten zählen zu seinen hinterlassenen Kunstwerken.

Abbildung 5: Schloss Schöneiche

Meine Mutter erzählte, dass der Herzog von Braunschweig das Bild »Der Wilddieb« für zweitausend Goldmark kaufen wollte, ihr Vater es aber nicht herausrückte. »Der Wilddieb« ist ein Bild in der Größe von ca. 30 x 50 Zentimeter, das zeigt, wie ein damals aussehender Schutzmann den Wilddieb abholen möchte, während die ganze umherstehende Familie den Schutzmann um Gnade anfleht. Alle Gesichtszüge sind deutlich zu erkennen. Paul Hieronymus muss ein ziemlich verwöhnter Jüngling gewesen sein, denn meine Mutter erzählte uns öfter mal die Geschichte, dass immer, wenn Pakete von seiner Mutter in Blankenburg ankamen, die besten Stücke mit »NUR FÜR PAUL« gekennzeichnet waren. Selbst noch in seinem höheren Alter schien diese Bevorzugung bestanden zu haben. Übrigens »Nur für Paul« ist in meiner Familie späterhin ein geflügelter Ausspruch geworden!

Paul Hieronymus starb 1917, er ist nur 63 Jahre alt geworden und hat somit die nach dem 1. Weltkrieg stattgefundene Geldentwertung nicht mehr erlebt. Seine Witwe Hedwig war eine geborene Jäschke. Sie war für mich wegen ihres Witwenstandes immer schwarz gekleidet, was damals üblich war, eine stille, sehr zurückhaltende, aber doch liebevolle Oma. Wie meine Mutter erzählte, musste sie einer sehr noblen Familie entstammen. Ein Bruder von Oma Hieronymus war hoher Offizier der *Kaiserlichen Marine*, Kapitän zur See in China und Gouverneur von Kiautschou, eine der damaligen deutschen Kolonien. Von dem bekam meine Mutter eine kleine Chinesenpuppe, die sie immer stolz in einem kleinen Puppenwagen durch die Wohnung schob.

Abbildung 6: Mulle, drei Jahre alt, mit Chinesenpuppe

Von einem anderen Bruder dieser Oma hörte ich, dass er Reichsbankdirektor war. Oma Hedwig Hieronymus wurde gleich nach dem Ersten

Weltkrieg von Tante Ilse, Mulles zweitältester Schwester, aufgenommen. Tante Ilse hatte inzwischen in Hamburg einen Herrn Carl Scheel geheiratet, ein typisch norddeutscher Kaufmann, der bald Karriere als Prokurist bei der Firma »Karstadt« machte.

Die Abschiebung von Oma Hieronymus ging noch weiter, als Carl Scheel einen Unfall hatte, danach bald starb, und die Oma von Tante Toni, der ältesten Schwester meiner Mutter, übernommen wurde. Tante Toni war mit Karl Pintschovius verheiratet. Und der war Nazi! Ein dicker »Goldfasan«, so wurde damals im Volksmund die besonders auffällige hellbraune Naziuniform mit Jackett und Bridgeshose verflachst! Die Familie Pintschovius – Tochter Edith gehörte auch noch dazu – wurde von uns mit großem Abstand oder auch Vorsicht behandelt.

Wenn ich mal zu Tante Toni kam und »Guten Tag« sagte, antwortete sie: »Das heißt ›Heil Hitler‹«. Schon als kleiner Junge habe ich mich über ein Bild amüsiert, welches über ihrem Schreibtisch hing und nur eine Hand zeigte. Darunter stand geschrieben: *Diese Hand führt uns!* Natürlich war die Hand von Hitler gemeint!

Als mein Vater mal bei einer Familien-Geburtstagsfeier seine politische Meinung kundtat, soll die total politisch verblendete Tante Toni gesagt haben: »Heini, wenn man dich hört, müsste man dich ins KZ bringen«! Als Tante Toni wegen der Bombenangriffe auf Berlin zu ihrer Tochter nach Schneidemühl fliehen musste – dort war ihr Schwiegersohn (Mann von Edith) Chef in einer Brauerei –, zog Oma Hieronymus auch noch mal mit. Sie starb dort neunzigjährig in den Kriegswirren. Tante Toni hatte noch die Flucht aus Schneidemühl, das ja unmittelbar an der Ostgrenze am sogenannten polnischen Korridor Deutschlands lag, überlebt, während ihr Mann, der Nazi Karl P., schon unterwegs sein Leben verlor. Auch ein Kleinkind von meiner Cousine Edith überlebte die Flucht nicht.

Tante Ilse lebte nach dem Tod ihres Mannes mehrere Jahre bei ihrem Schwager in Brasilien, kam aber dann doch wieder zurück nach Hamburg und starb dort 1970 im Alter von neunundachtzig Jahren.

In den Jahren ab 1930 begann mein erstes Kindererleben in einer Welt-Großstadt wie Berlin. Meine Eltern wurden nicht müde, uns Kindern, Gerd und mir, möglichst viel von dem zu bieten, was Berlin zu dieser einmalig attraktiven Metropole machte. Sie gingen mit uns ins Theater, oder zum Kindernachmittag ins »Haus Vaterland« am Potsdamer Platz. Ich erinnere mich, wie im Admiralspalast die Aufführung »Peterchens Mondfahrt« beeindruckend auf der Bühne dargestellt wurde. Noch berauschender war es, als wir im Admiralspalast an der Friedrichstraße »Robert und Bertram« gesehen haben. In dem Stück gab es eine Drehbühne, und folgende Szene bleibt mir bis heute noch in Erinnerung: Robert, ein Verbrecher in gestreifter Zuchthauskleidung, wird vom Gefängniswärter von einer Zelle in die andere geführt, betrachtet skeptisch diesen Raum und sagte. »Gut, ich nehme dieses Zimmer!«.

Papa erzählte uns Kindern oft, wenn er aus der Stadt kam – »Stadt« hieß bei uns alles, was geografisch hinter dem Ende des Kurfürstendamms in Richtung Osten lag –, dass johlende und grölende Horden durch die Straßen der Innenstadt fuhren. Er meinte damit die Schalmeien blasenden Kommunisten, die er auch »Bolle-Jungs« nannte.

Papa brachte uns Jungs auch früh an den Sport heran. Er selbst war in Blankenburg ein gefürchteter Schlagballspieler. Eine Sportart, die seinerzeit einen höheren Stellenwert hatte als heutzutage der Fußball. Mir wurde erzählt, dass er mit der Keule den kleinen Lederball öfter mal so weit wegschlug, dass man ihn nicht mehr wiederfand.

Sonntags gingen wir meistens zum Fußball. Der Verein BSV 92 war unser Favorit. Die Mannschaft wurde auch bezeichnenderweise »die Störche« genannt. Sie trugen weiße Hemden, schwarze Hosen und rote Stutzen. Ich kannte alle Spieler beim Namen. Wenn Hänschen Appel wegen Verletzung fehlte, war ich tieftraurig. Und wenn sich damals ein Spieler verletzte, durfte er nicht ausgewechselt werden, sondern humpelte meistens auf Links- oder Rechtsaußen bis zum Ende des Spiels mehr oder weniger als Statist weiter. Die Auswechselregel wurde erst nach dem Krieg eingeführt.

Auf dem Tempelhofer Feld, früher der einzige Flugplatz mit Personenverkehr in Berlin, fand alljährlich der große Flugtag statt. Hauptattraktion waren die Flugkunststücke von Ernst Udet. Der peste mit seinem Doppeldecker haarscharf kopfüber über die Menschenmassen hinweg. Dann hob er auch noch, ganz tief über der Erde fliegend, ein Taschentuch vom Boden auf (wie es uns damals weisgemacht wurde), vielleicht war es auch ein etwas größeres Bettlaken?

Ein großes Volksidol gab es in diesen Dreißigerjahren unübersehbar. Das war Max Schmeling. Der war Weltmeister im Schwergewichtsboxen und sollte nun in der kommenden Hitlerzeit die Überlegenheit des neuen Regimes beweisen. Ehrlich gesagt: Ich war als großer Sportanhänger nie ein Fan von Max Schmeling. Der bekam seinen Titel nur durch einen Sieg wegen Disqualifikation seines Gegners Jack Sharkey und verlor ihn gleich wieder im nächsten Kampf.

Nicht zu vergessen ist für mich das alljährliche berühmte AVUS-Rennen für Rennwagen und Motorräder. Wir erlebten es bis zum Anfang des Krieges 1939, dann gab es solche Events nicht mehr. Beim AVUS-Rennen waren wir entweder Kiebitze auf der 10 Kilometer langen Nebenstrecke der AVUS, wo man aber das Rennen selbst kaum verfolgen konnte. Die Rennwagen flitzten blitzschnell vorbei, sodass

unser Blick nicht folgen konnte. Besser war man da schon in der Nord-
kurve der Rennstrecke postiert. Die wurde extra noch mal steiler nach-
gebaut, damit die Rennwagen mit noch mehr Vollgas und hoher Ge-
schwindigkeit durchbrausen konnten. Dieses Experiment hielt sich
aber, nachdem es tödliche Unfälle gab, nicht lange. Die Kurve wurde
wieder zurückgebaut.

Mercedes-Benz und Auto-Union waren damals die größten Kon-
kurrenzfirmen, in denen sich Rudolf Caracciola, Bernd Rosemeyer,
Hans Stuck und weitere Rennfahrergrößen gegenüberstanden. Gerd
und ich hatten kleine, originalgetreue Rennwagen-Modelle, mit denen
wir auf einer selbst gebastelten Papprennbahn vom Kleiderschrank des
Schlafzimmers bis weit in das Esszimmer hinein unsere Privatrennen
ausführten. Dafür diente eine Stoppuhr, die ich mir von meinem Ta-
schengeld zusammengespart hatte. Gerd rief oben: »Ab!«, und ich
stoppte unten die Zeit. Wir arbeiteten mit Zehntelsekunden!

An die Musik wurde ich zunächst mit dem obligatorisch zu erler-
nenden Blockflötenspiel geführt. Der nächste Schritt in dieser Richtung
war dann der Klavierunterricht, den mir meine Mutter im Alter von
sieben Jahren verordnete. Die Klavierlehrerin, Fräulein Schommartz,
wohnte in der Lützenstraße, zwei Querstraßen von uns entfernt. Sie
meinte, dass ich sehr viel Talent hätte und meine breiten Fingerkuppen
beste Voraussetzungen zum Spielen dieses Instruments böten. Der
alten Dame müsste ich, wenn sie noch lebte, immer noch dankbar sein,
denn sie lehrte mich den Quintenzirkel – den Urschleim aller Musikge-
setze. Leider habe ich Fräulein Schommartz damals enttäuscht, weil ich
stets und ständig, ohne vorher geübt zu haben, zum Unterricht erschien. Ich fand es einfach zu langweilig, mich mit Dur- und Mollton-
leitern, Fingerübungen und Sonaten abzugeben. Nach einem Jahr wurde die »Maßnahme« im gegenseitigen Einverständnis eingestellt. Wenn

ich Klavierspielen wollte, dann mussten es gängige Schlager wie »Good bye, Jonny« oder »Komm zurück« (die deutsche Version von »J'attendrai«) sein, die damals modern waren.

Bei uns in der Familie konnten alle Klavier spielen. Jeder auf seine Art. Meine Mutter spielte verhältnismäßig leichtes Repertoire nach Noten. Meinen Vater erlebte ich nur auswendigspielend. Er spielte alles in D-Dur, für mich nicht zu verstehen, denn C-Dur (ohne Vorzeichen) spielte sich doch viel leichter. Mein Bruder Gerd hatte sich die drei begleitenden Grundharmonien auf die Klaviertasten gemalt. Ein Kreuz, ein Kreis und ein Kreis mit Kreuz, jeweils im Dreiklang, das war seine Methode. Papa und Gerd spielten alles herunter, was ihnen vor die Finger kam. Die drei Grundharmonien reichten immer, wenn es auch manchmal ein bisschen schräg klang. Papa hatte noch, zum Leidwesen meiner Mutter, die Angewohnheit, geeignete Radiomusik mit seinem Trauring auf der hölzernen Sessellehne rhythmisch zu untermauern.

Apropos Radio: Solch ein Gerät zu besitzen, oder spielen zu hören, war zu meiner Kinderzeit immer noch etwas ganz Besonderes. Ich habe schon sehr früh angefangen, mich für diese Wundertechnik, die Töne durch die Luft fliegen lässt, zu interessieren. So bastelte ich mir in einer Zigarrenkiste mit einem Detektor, einer großen Spule, einer Batterie und ein paar Drähten mein erstes Radio. Ein Kopfhörer gehörte auch noch zu dieser Konstruktion. Wenn ich Glück hatte, mit der Nadel des Detektors die richtige Stelle des Quarzsteins im Gehäuse des Detektors zu treffen, konnte ich ganz leise den Berliner Sender hören. Ein Fortschritt im Radiogerätebau brachte die Erfindung des rückkopplungsfreien Radios, bei dem man die Lautstärke unbegrenzt aufdrehen konnte, ohne dass der Lautsprecher zu jaulen oder zu pfeifen anfing.

Als sich Hitler peu à peu an die Macht schlich, machte sich das Regime schnell die Radio-Erfindung zunutze. Der Volksempfänger ward erfunden und für dreißig bzw. fünfzig Mark unters Volk gebracht. Natürlich mit der Absicht, dies als entsprechendes Propaganda-Werkzeug in den Wohnzimmern der Menschen zu installieren. Das Volk fand schnell eine treffende Bezeichnung für dieses Gerät: »Die Goebbelsschnauze!«

Im Jahr der Machtübernahme durch Hitler 1933 hatten wir in Deutschland zunächst noch zwei Nationalhymnen, zwei Nationalfahnen, einen Reichspräsidenten (Paul von Hindenburg) und Hitler als Kanzler. Als dann Hindenburg im Jahr 1934 starb, schaffte Hitler mit seinem Ermächtigungsgesetz diesen Zustand ab, und die schwarzweiß-rote Fahne musste der Hakenkreuzfahne weichen!

Ich erinnere mich an eine für mich unvergessliche Szene: In den Sommerferien bin ich in Blankenburg nachmittags vom Baden zurückgekommen und begegnete Herrn Lenz, einem Bahnangestellten in Uniform, der auch in der Klosterstraße wohnte. Der teilte mir – einem siebenjährigen Jungen – freudig mit: »Rolfchen, jetzt ist Hindenburg gestorben, und nun ist Hitler allein an der Macht!«

Bei uns im Haus, in der Hektorstraße 12 in Berlin, wohnte auch ein Mensch, der irgendetwas mit einer Künstleragentur zu tun hatte. Der nahm mich eines Tages zu einem sogenannten Casting für Filmaufnahmen mit, weil er meinte, dass ich Aussicht hätte, in dem Film »Kadetten« eine Rolle zu übernehmen. Das Vorsprechen mit einem eingeübten Text bei dem hoch angesehenen Regisseur Karl Ritter endete sehr erfolgreich. Ich war angenommen! Doch dann kam die Mitteilung, dass man für diese Rolle einen Jungen ausgesucht habe, der wegen seiner gedrungenen Statur dem Regisseur geeigneter erschien. Ich war sehr enttäuscht – der Fahrstuhl nach oben war leider mal wieder besetzt!

1935 erlebte Berlin noch eine weitere Sensation: Die Messehallen am Funkturm brannten! Das Feuer nahm so große Ausmaße an, dass die Stahlmasten des Turms zu glühen anfingen. Natürlich war halb Berlin auf den Beinen, um bei diesem Ereignis dabei zu sein. Wir, unsere Familie, versammelten uns zunächst bei Tante Toni auf dem Balkon. Deren Wohnung befand sich in der Georg-Wilhelm-Straße und hatte den Balkon des Hinterhauses mit freiem Blick bis zum Funkturm. Als uns dieser Weitblick nicht mehr genügte, zog es uns zur Halensee-Brücke, auf der man dem glühenden Funkturm etwas näherkam. Dann wurden plötzlich alle Menschen von der Brücke vertrieben, denn es hieß: Einsturzgefahr! Na denn: Schnell weg!

Absoluter Höhepunkt in diesen Dreißigerjahren war dann die Olympiade 1936 in Berlin. Das neue Olympia-Stadion wurde schon vorher mit einem Fußball-Länderspiel Deutschland gegen England, dem Mutterland des Fußballs, eingeweiht. Mein Vater hatte Karten besorgt. Ich als Neunjähriger war stolz wie ein Spanier, weil wir im Block L oder K in der allerersten Reihe saßen. Deutschland verlor 6:3 und hatte gegen die ausgebufften Engländer keine Chance.

Mein Bruder Gerd sollte an diesem Sonntagvormittag zum Jungvolkdienst geholt werden, aber mein Vater fertigte den Hitler-Jungen, der schon frühmorgens bei uns geklingelt hatte, kurzerhand mit den Worten ab: »Gerd geht mit mir zum Fußball! Basta!«

Die Olympiade selbst warf schon lange ihre Schatten voraus. Meine Eltern richteten in ihrem Schlafzimmer ein Gästezimmer ein, weil dafür geworben wurde. Die Feuerprobe meiner Fahrradlaufbahn erlebte ich, als wir zum olympischen Dorf in Dallgow-Döberitz aufbrachen. Der Weg führte die sehr belebte Heerstraße entlang, und ich hatte Mühe, hinter meinem Vater und Gerd Spur zu behalten. Übrigens: Wir hatten im Laufe der Zeit alle drei neue Fahrräder, was für die Familienkasse eine nicht unwesentliche finanzielle Belastung bedeutete.

Wir wohnten inzwischen in der Katharinenstraße, auch eine Querstraße vom Kurfürstendamm, ganz in der Nähe vom Bahnhof Halensee. Zwar war es wieder das Gartenhaus, aber doch ein Stück vornehmer als in der Hektorstraße. Im Treppenhaus lagen Teppiche, und die Geländer waren aus Messing. Die Rückfront der Wohnung hatte einen Balkon, von dem aus man ins Grüne gucken konnte. Im Haus gab es auch einen Portier, der für Ordnung sorgte und alles schön sauber hielt. Im Hof gab es sogar Blumenrabatten.

Als Olympia begann, stellten wir fest, dass wir keine Gäste zugewiesen bekamen. Wir hatten uns so auf Amerikaner oder Japaner gefreut. Die Enttäuschung war groß; noch größer wurde sie, als keine Eintrittskarten für die vielen Veranstaltungen für uns zu haben waren. Ich beschloss, mich reinzuschummeln, wo es nur ging. Es gelang mir oft. Am besten klappte meine ausgeklügelte Masche im Hockey-Stadion des Olympiageländes. Für diesen Sport hatte ich besonderes Interesse, weil ein Spieler des deutschen Hockeymeisters BSC bei uns im Haus wohnte. Er nahm mich oft zu seinen Vereinsspielen mit, sodass ich in dieser Sportart großes Fachwissen besaß. Mein Freund, der Hockeyspieler Hans Beyer, war der Sohn eines Friseurmeisters, der im vierten Stock unseres Hauses wohnte und dessen Frau eine Schottin war. Hans war zehn Jahre älter als ich. Er betrachtete mich als Maskottchen seiner Mannschaft, was ich als große Ehre empfand.

Bei dem olympischen Hockeyturnier 1936 wäre Deutschland fast Sieger geworden, wenn das nicht die Inder verhindert hätten. Die spielten mit Turban und ballerten im Endspiel den Deutschen mit 8:1 den Kasten voll. Ich saß direkt hinter dem deutschen Tor, als der Torwart Lichtenfels die harte Korkkugel an den Kopf geschossen bekam. Weil ich schon damals kein Blut sehen konnte, machte ich mich schnell aus dem Staub.

Die Olympiade hatte noch viele andere Höhepunkte, die wir eifrig verfolgten. Den legendären Marathonlauf konnten wir live an der Havel-Chaussee an unserer Stamm-Badestelle nahe der Hausboot-Gaststätte erleben.

Abbildung 7: Gerd, Papa und ich mit einem Freund der Familie beim Fußbad in der Havel

Der Argentinier Zabala führte nach 20 Kilometern uneinholbar, brach aber dann bei der bulligen Hitze wie ein Klappstuhl zusammen und überließ dem Japaner Kitai Son den Sieg. Dieser soll dann, kurze Zeit nach seinem Triumph, gestorben sein. Ich ärgerte mich, weil ich doch tags zuvor von dem Läufer Zabala beim Training im Mommsen-Stadion ein Autogramm bekommen hatte und ihn als Favoriten dieses Wettbewerbs einschätzte.

Das Fernsehen war gerade erfunden worden, und am Kurfürstendamm befand sich eine Fernsehstube, zu der die Öffentlichkeit Zutritt hatte. Nun muss man sich vorstellen, wie das damals aussah: natürlich alles in Schwarz-Weiß, mehr Geflimmer als ein erkennbares Bild. Ich weiß noch, dass man meistens entweder nur die Beine oder die Köpfe sah. Leni Riefenstahl, die damalige Cheffilmerin von Hitlers Gnaden, schwenkte im Olympiastadion eine überdimensional große Kamera, deren Aufnahmen in die ersten Fernsehstuben Deutschland gesendet wurden.

Weil meine Eltern das so wollten, wechselte ich 1937 auf das im Westteil von Berlin gelegene Grunewald-Gymnasium. Gerd besuchte es schon ein paar Jahre. Dafür musste mein Vater monatlich 20 Mark Schulgeld bezahlen; für das zweite Kind der Familie gab es »Rabatt«! Für mich musste Papa nur 15 Mark im Monat bezahlen.

Das Grunewald-Gymnasium war eine elitäre Schule, was seinen Grund durch die Lage des Gebäudes mitten im noblen Villenviertel des Grunewaldes hatte. Die betuchtesten Bürger der Stadt, Künstler, Wissenschaftler, Diplomaten und auch Politiker, hatten hier ihre Anwesen. In der Trabener Straße, die vom Luna-Park zum Bahnhof Grunewald führte, wohnten unter anderem Heinz Rühmann und Grete Weiser.

Einige Kinder meiner Klasse wurden mit dem Auto zur Schule gefahren. Gerd Vespermann, der später mal eine tolle Schauspielerkarriere erreichte, saß neben mir auf der Schulbank. Von dem gibts zu erzählen, dass er schon als junger Bengel richtig schön Klavier spielen konnte und auf der Bühne unserer Aula konzertierte. Ich schiebe hier mal ein, dass ich Gerd Vespermann nach dem Krieg mit meiner Frau Evamarie im Anschluss an eine Vorstellung mit Hannelore Schroth im Theater am Kurfürstendamm besuchte. Wir waren beide erfreut, uns nach über zwanzig Jahren wiederzusehen, und er erzählte mir, dass er Kühn II, unseren damaligen Klassenlehrer, der auch Englischunterricht gab, zu einer Aufführung eingeladen hatte, in der nur Englisch gesprochen wurde.

Dieter Meichsner, der später mal ein bekannter Fernsehautor wurde, ging auch in meine Klasse. »Der Stechlin« war in den Sechzigerjahren eine beeindruckende Produktion, die unter seiner Regie stand. Meichsner hatte einen Bruder im Alter meines Bruders, also Jahrgang 1921. Der hieß mit Vornamen Oswald und wurde später – vor allen Dingen im Berliner Raum – als Schnellzeichner unter dem Namen »Oswin« berühmt. Die Prominenz Berlins schickte ihre Kinder aufs Grunewald-Gymnasium. Und ich, der Sohn des Bankangestellten Heini Hurdelhey, mittenmang.

Was jetzt kommt, wird mir kaum einer glauben. Ich kriegte langsam Minderwertigkeitskomplexe. Rings um mich herum alles Kinder reicher Leute. Da war es auch der Fall, dass ich, wenn ich einen Schulfreund besuchen wollte, zunächst mal vom Dienstmädchen oder Butler empfangen wurde. Als mich mal ein Klassenkamerad in der Katharinenstraße besuchte und mit rümpfender Nase von meinem Kinderzimmer aus in den Hinterhof guckte, erhärteten sich meine Minderwertigkeitsgefühle. Auch dann, als der Lehrer ein Benachrichtigungssystem unter uns Schülern aufbauen ließ, an dessen Ende wir zwei Jungs aus Halensee standen, weil deren Familien kein Telefon besaßen.

Nicolaus Sombart, ein früherer Schüler des Grunewald-Gymnasiums und später ein sehr erfolgreicher Publizist und Buchautor, hat in seinem Buch »Jugend in Berlin« die Schülerzusammensetzung dieses Gymnasiums sehr ausführlich beschrieben. Erst mal gab es da die Grunewalder, die mit dem Auto gebracht wurden oder zu Fuß in die Schule kamen, weil sie in der Nähe wohnten. Das waren die Sprösslinge der reichen und betuchten Leute. Dann waren dort auch Schüler aus Eichkamp, einem Viertel, das an den Grunewald grenzt. Deren Eltern waren meistens Künstler wie Musiker, Maler, Bildhauer oder Schauspieler zweiter Klasse. Diese Schüler kamen fast alle per Fahrrad zur Schule. Zum Schluss wurden die Halenseer genannt. Die waren besonders gut im Turnen und wurden, wie der Autor schrieb, Fähnleinführer in der Hitlerjugend. Das konnte auf mich, den Halenseer, nicht zutreffen. Diesem Verband habe ich nie angehört.

Mit einer gewissen Portion Arroganz blickten die Grunewalder auf uns Halenseer herab und zogen auf der Mitte der Halenseer Brücke, am Ende des Kurfürstendamms, eine Art virtuelle »Schallgrenze« zwischen arm und reich.

So langsam eroberte ich mir dann doch ein gewisses Ansehen in meiner Klasse. Im Sport hatte ich meistens die Nase vorn, was bei Jungs im Kräftemessen seine Wirkung nicht verfehlt.

Die Schule hatte am kleinen Wannsee Anteile an einem Ruderhaus. Dort besaß das Grunewald-Gymnasium sechs Sportruderboote. Keine Rennboote, aber richtig schlanke Holzkörper mit Rollsitzen und dem Sitz für das »Kielschwein«, dem Platz für den Kommandoführer des Bootes. Weil mein Turnlehrer, Herr Neumann, mir immer die Verantwortung einer Fahrt mit drei oder fünf Schülern übertrug, entwickelte ich einen großen Ehrgeiz, viele Ruderkilometer während einer Saison zu erzielen. Mittwochnachmittag nach dem Schulunterricht schafften wir meistens eine angestrebte Runde vom kleinen Wannsee über Kohlhasenbrück bis zur Glienicker Brücke. Dann an der Pfaueninsel vorbei bis zum Haveleck, rein in den großen Wannsee und unter der Bücke, die nach Potsdam führt, hindurch, um an unserem Heimathafen wieder anzulegen. Das waren, laut geführtem Ruderbuch, 18 Kilometer. Eine größere Pfingsttour habe ich noch in Erinnerung: Sie führte über Potsdam, Werder und Ketzin bis nach Brandenburg. Das unvergessliche Erlebnis war aber die Übernachtung im Zelt auf einer kleinen, unbewohnten Havelinsel. Robinson Crusoe lässt grüßen!

Während ich im Geräteturnen nur durchschnittliche Leistungen aufweisen konnte, z. B. schaffte ich am Reck gerade mal die Bauch- oder Kniewelle, konnte ich beim Stangenklettern mit 8 1/2 Längen fürs Turnen die Eins im Zeugnis halten.

Als auf dem Sportplatz in der Hubertusallee das große Schulsportfest stattfand, wurde als krönender Abschluss ein Tausendmeterlauf gestartet. Weil die besten Läufer aus allen Klassen an den Start gingen, bekamen die Teilnehmer der unteren Klassen angemessene Streckenvorgaben. Ich hatte vorher wochenlang mit der Stoppuhr in der Hand trainiert und legte einen Blitzstart hin. Fast wäre ich Sieger geworden, aber ein Schüler aus der Oberprima hat mich am Ende des Rennens noch abgefangen. War das auch wieder mal der Fahrstuhl, der nach oben besetzt war? Ich war jedenfalls damals sehr enttäuscht und brauchte eine Weile, um mich von der Niederlage zu erholen.

Unseren Klassenausflug zum Landschulheim in Werder darf ich nicht vergessen zu schildern: Doktor Focken erschien früh morgens um sieben Uhr mit einem überdurchschnittlich großen Fahrrad, das eine dementsprechende Übersetzung hatte, und gab für uns Radfahrer die Fahrvorschriften bekannt. Dabei war der bedeutendste Befehl, dass, wenn jemand einen Schaden hatte und anhalten musste, »Havarie« gerufen werden sollte. Ich kann mich erinnern, unterwegs immerzu diesen Hilferuf gehört zu haben, sodass Doktor Focken den Geist aufgab und alleine davonradelte. Als sich die Klasse in Werder zusammenfand, gab es von Doktor Focken viele strafende Maßnahmen. Unter anderem mussten wir am nächsten Tag beim Unterricht lange in der brütenden Sonne sitzen, während der Herr Lehrer im Schatten thronte. Doktor Focken war ein frustrierter Lehrer, dessen zwei Söhne bei einer Ruderpartie über den Trebelsee ertrunken sein sollen. Außerdem hatte er – als Verletzung aus dem Ersten Weltkrieg – einen Silberschädel.

Der nächste Weltkrieg warf seine Schatten voraus. In den Lebensmittelgeschäften wurden nach und nach Strichlisten eingeführt, was bedeutete, wie viel Butter, Fleischwaren oder Nährmitteln jeder Person zustanden. Das war der Vorläufer für die später eingeführten Lebensmittelkarten. Dann gab es auch noch Kleiderkarten, die das Kontingent für Kleidungsstücke aller Art bestimmten.

In der Schule wurden die Lehrer immer älter, weil man Lehrkräfte im wehrpflichtigen Alter zum Militär einzog. Viele unangenehme Typen waren darunter, besonders dann, wenn sie stramme Nazis waren. Vorneweg unser Schuldirektor Waldvogel. Es ist wirklich kein Witz, aber irgendwann kam mal heraus, dass dieser Vogel seine Wurzeln in Blankenburg im Harz hatte. Mir war er besonders unsympathisch, weil er meinen Nachnamen immer etwa so aussprach: »Ooooohhhlei«, und mir auch mal eine schallende Ohrfeige verabreichte. Als ich einmal bei einem Klassenkameraden zu Besuch war, und dort – vor allen Dingen, um der hübschen Mutter des Mitschülers zu imponieren – meine Klavierspielkünste vorführte, klingelte es plötzlich, und wer kam da? Unser Schuldirektor Waldvogel! Oh, oh, oh! Ich glaube sogar, bemerkt zu haben, dass dem Herrn diese Begegnung recht peinlich war!

»Schweinchen«, mit bürgerlichem Namen Doktor Walter, war einer von der gemütlichen Sorte. Sein Hobby »Sparmarkenverkauf« war für uns eine Gelegenheit, durch verzögernden Kauf seiner Ware den Unterricht um ein gewisses Maß zu verkürzen.

Im Fach Biologie unterrichtete Doktor Mohr, genannt »Mohrchen«. Den Namen des Lehrers für Physik und Chemie habe ich leider vergessen. In diesen Fächern hatte die Schule hervorragendes Unterrichtsmaterial und die dafür geeigneten Säle in universitärer Qualität.

Die Gemütlichkeit unseres Musik- und die des Zeichenlehrers nutzten wir schamlos aus, indem wir während dieser Unterrichtsstunden oft Schularbeiten machten, die zu Hause nicht mehr geschafft wurden.

Kriegszeit

02. Mai 1945 – ich trottete mit einer Horde von Soldaten auf der Landstraße von Wismar in Richtung Gadebusch und kam ins Grübeln – was war alles geschehen?

Am 01. September 1939 sitze ich mit meinem Vater in der Ecke unseres großen Wohnzimmers in Berlin-Halensee vorm Radio und höre Adorf Hitler verkünden: »Von jetzt an wird Bombe für Bombe ...« Ich bin 12 Jahre alt. Mein Vater erklärte mir: »Jetzt fängt Hitler den Krieg gegen Polen an, dann kommen Frankreich und England dazu und zum Schluss wird Amerika unser Feind sein. Diesen Krieg kann Deutschland nicht gewinnen.« Dieser Satz hat sich bei mir in den nun folgenden Jahren festgesetzt.

Die unteren Klassen unserer Schule wurden schon ein paar Monate nach Kriegsbeginn, wie es damals hieß, kinderlandverschickt. Doktor Goslich, unser Deutschlehrer, erschien zur Abreise in krachlederner Hose mit einem Gürtel, auf dem dick geschrieben stand:

Joseph Bickel 1792

Die Reise führte zunächst nach Leoben in der Steiermark. Wir sollten in der Jugendherberge »Tollinghöhe« einquartiert werden. Diese für uns vorgesehene Unterkunft lag hoch am Berg und musste über einen steilen Waldweg erklommen werden. Als Zugabe für das Trauerspiel wurde uns dann noch ein großer Schlafsaal mit vielen Doppelstockbetten, nach Jugendherbergsart, angeboten, was unsere begleitenden Lehrer mit Empörung zur Kenntnis nahmen. Ich weiß nicht, auf welchem Wege eine sofortige Regelung über Berlin erreicht wurde, dass wir schnellstens nach Mariazell umgeleitet wurden. Diesmal bekamen wir eine Unterkunft im Dachgeschoss des Nobelhotels »Laufenstein« in Mariazell. Der Unterricht fand allerdings in umliegenden Gasthöfen statt. Viel kam dabei natürlich nicht heraus.

Wir Jungs, im besten Alter, Streiche zu spielen, fanden bald Gelegenheit, uns über die vielen katholischen Rituale zu mokieren. Weil wir mit unserer Unterkunft direkt gegenüber der Basilika – einem der höchsten katholischen Wallfahrtsorte in Österreich – stationiert waren, ergaben sich viele Anlässe dafür. Einzelheiten will ich jetzt nicht verraten, aber andeuten, dass wir es sehr komisch fanden, wenn bei den Begräbnisprozessionen die Klageweiber ihre Vorstellung gaben. Auch dann, wenn der Bischof mit großem Baldachin durch den Ort getragen wurde. Die dortige Bevölkerung war uns verständlicherweise deswegen nicht sehr freundlich gesonnen und schimpfte uns oft: »Ihr Saupreißen!«

In Deutschland hatte man, um die Bevölkerung seit Kriegsbeginn bei Laune zu behalten, das sonntägliche Volkskonzert mit Radioübertragung eingeführt. Ein gewisser Herr Heinz Gödicke schwang große Töne von Siegesgewissheit, untermalt mit heroischer Musik. Das wollten wir Jungs nachmachen und der Mariazeller Bevölkerung ein kulturelles Erlebnis anbieten.

Abbildung 8: Basilika Mariazell

Um dafür zu werben, kamen kluge Mitschüler von mir auf eine kuriose Idee. Sie besorgten sich eine Lautsprecheranlage, die im Dachgeschoss unseres Hotels aufgebaut wurde und mit laut schallenden Klängen aller Art über den Vorplatz der Basilika ihre Tätigkeit aufnahm. In den Musikpausen wurde mit Werbeslogans für unsere Veranstaltung prächtig auf die Pauke gehauen. Ich, der ich von Doktor Goslich für eine Schauspiellaufbahn vorgesehen war, übernahm die Sprecheraufgabe. Lange dauerte die Durchsetzung dieser Idee nicht. Man verbot uns alsbald solchen Krach.

Die Vorstellung unseres Programms fand im Saal des Hotels statt und wurde durch meine Imitation des Sprechers der Originalsendung, Heinz Gödicke, ein großer Erfolg. Auch mit meinem Klavierspiel hatte ich noch großen Anteil daran. Es wurde viel gesungen oder auch Akkordeon gespielt. Ein Mitschüler konnte schon sehr schön Geige spielen und hatte damit riesigen Erfolg. Die »Saupreißen« schienen doch ganz patente Bengels zu sein, war vielleicht die Meinung von manch einem in der einheimischen Bevölkerung! Wir wurden nun etwas versöhnlicher beurteilt.

In Erinnerung ist mir auch noch, dass unser Lehrer Doktor Goslich eine Nachtwanderung auf den Ötscher (ein Berg mit einer Höhe von ca. 1600 Metern) inszenierte. Die Sache bekam ihren besonderen Reiz, weil während des Aufstiegs ein Gewitter um uns tobte. Wir sind dann todesmutig durch das Unwetter gewandert und kamen letztlich doch unversehrt und lustig vor der Berghütte an. Dieses einmalige Erlebnis, über den Wolken zu sein, die Bergkuppen betrachten zu können und vom blauen Himmel die Sonne strahlen zu sehen, werde ich wohl nie vergessen. Später kam mir diese Erinnerung häufig, wenn ich Reinhard May »Über den Wolken« singen hörte. In heutigen Zeiten ist dieser Blick oftmals keine Besonderheit mehr.

Bei Mariazell gab es dann noch den Erlaufsee, der für mich sehr interessant war. Er hatte glasklares Bergwasser und bot sich mit seinen Ausmaßen gut an, ihn quer zu durchschwimmen. Da stellte ich dann schon mal meine Privatrekorde auf.

Meine Eltern wollten mich in Mariazell besuchen. Dafür bekam ich von meinem Vater den Auftrag, Quartier in einem möglichst preisgünstigen Hotel zu besorgen. Weil Eltern meiner Klassenkameraden in unserem Nobelhotel »Laufenstein« abstiegen, wo wir das Dachgeschoss bewohnten, war mir nicht ganz wohl dabei, dass meine Eltern ein unterklassiges Hotel vorzogen. Jedenfalls meinte Papa, dass das Hotel »Drei Hufeisen« eine gute Wahl sei und man dort prächtig auf österreichische Art frühstücken könnte. Als mein Vater dann noch Skilauf-

Unterricht nahm und mir den »Stemmbogen« vorführte, flüchtete ich bei dieser Vorstellung.

Nach und nach holten die Eltern ihre Kinder wieder nach Hause. Ich gehörte zum Rest der Mannschaft, der bis zum Schluss – das muss im Sommer 1941 gewesen sein – eisern durchhielt. Kaum war man wieder sesshaft in Berlin, da wurde schon die nächste Aktion gestartet. Es ging zur Erntehilfe nach Pommern. Die Aktion organisierte die Hitlerjugend. Und ich fiel auf, weil ich es mir leistete, bei Reiseantritt im weißen Sommermantel anstatt in HJ-Uniform zu erscheinen.

Abbildung 9: 1949, Fahrt zur Erntehilfe. Rolf im weißen Mantel auf Koffer sitzend im Bahnhof Stolp in Pommern

Schließlich war ich ja auch kein Mitglied dieser Nazi-Einrichtung, von der ich kurioserweise nie ergriffen wurde. Weder Begeisterung oder der Wunsch, dort mitzumachen, erfassten mich, ebenso wie einige meiner Klassenkameraden. Es wurde mir auch nie angetragen, bei den Pimpfen einzutreten. Nach heutigen Erfahrungen und Schilderungen muss es wohl ein Ausnahmefall gewesen sein, der aber wirklich wahr ist.

Wenn ich immer mal wieder im Fernsehen bekannte Größen unter Schauspielern, wie z. B. Jacky Fuchsberger oder den Kabarettisten und Entertainer Dieter Hildebrand (beide inzwischen nicht mehr am Leben) höre und lese, wie sie von ihrer Hitlerjugendzeit schwärmten, überkommt mich immer das kalte Grausen. Das sind nur zwei Beispiele; etliche andere könnte ich hier schon noch aufzählen. Aber Fakt ist doch, dass die Hysterie zum Beginn des sogenannten Dritten Reichs breite Massen ergriffen hatte und kaum einer abseitsstehen wollte oder auch konnte.

Ich hatte ja Glück, dass meine Eltern in ihrer politischen Gesinnung strikt konservativ eingestellt waren und den Hitler-Zirkus von Anfang an richtig einschätzten. Die Beeinflussung des Elternhauses auf ihre Kinder kann doch oft von größter Wichtigkeit sein!

Im Grunewald-Viertel, so wird es auch in Sombarts »Jugend in Berlin« geschildert, wurde die überschnelle Nazi-Entwicklung zunächst nicht richtig ernst genommen. In dieser Gegend gab es weder SA-Aufmärsche noch übermäßig große Wälder von Hakenkreuzfahnen.

Zurück zur Erntehilfe: In der Nähe von Stargard in Pommern wurde ich einem Bauern namens Streblow zugeteilt. Meine Ankunft auf dem Bauernhof war mit Skepsis von den Bauersleuten erfüllt. Man konnte ihnen ansehen, dass sie dachten: »Mal sehen, was der Stadtjunge zu bieten hat«.

Zunächst einmal erfuhr ich die Dienstzeiten auf dem Hof. Das sollte mich gleich »auf Spur« bringen. Morgens, bei Sonnenaufgang, gings los, und abends, wenn die Sonne unterging, war Feierabend. Zwischendurch gab es aber mehrfach stärkende Verpflegung. Fünf Mahlzeiten wurden geboten: erstes und zweites Frühstück, Mittagessen, Kaffee mit Kuchen und ein kräftiges Abendbrot. Man hatte also immer gut zu essen, was in dieser Zeit von allergrößter Bedeutung war, obwohl die

Speisekarte doch recht einseitig aussah. Zu jeder Mahlzeit gab es gebratenen Speck; sonntags musste ein Huhn oder eine Ente dran glauben.

Meine Einarbeitung beim Bauern Streblow war deprimierend. Als Erstes wurde ich in den Kartoffelkeller geschickt, um die im vorigen Jahr geernteten, leicht stinkenden Knollen zu entkeimen. Dann sollte ich die ersten Süßkirschen abpflücken. Später wurde ich zum Gänsehüten abkommandiert.

Mein Zorn entwickelte sich intervallartig, bis ich die Chefin des Hofes ansprach und fragte, ob ich des reichlichen Nahrungsüberflusses wegen nicht mal ein Paket mit Lebensmitteln an meine Eltern schicken dürfe, bei denen inzwischen »Schmalhans« Küchenchef sei. Die Antwort der Bäuerin, dass Stadtmenschen nicht so hart arbeiten würden und dementsprechend auch keinen Anspruch auf Unterstützung der Bauern hätten, hat mich fast vom Sockel gehauen!

Aber ehrgeizig, wie ich nun mal war, arbeitete ich mich beim Bauern Streblow Stück für Stück immer höher in meinem Leistungsstand empor. Ich schaffte es, im Laufe der Zeit Kühe zu melken, zu eggen, zu pflügen, zu buttern und zentnerschwere Säcke oder Strohballen zu tragen.

Meine Arbeitskollegen waren zwei zwangsverpflichtete Polen und ein kriegsgefangener Franzose. Alles nette Kerle, mit denen ich mich gut verstand. Die Polen machten keinen trübseligen oder geknechteten Eindruck, sondern lachten viel und arbeiteten sehr fleißig. Ich erinnere mich, dass der Jarek bei der Feldarbeit immer nachsehen wollte, wann das Essen aufs Feld gebracht wurde. Dann sagte er in perfekt deutschpolnischer Aussprache: »Ich macken Kuckez«!

Den Franzosen musste ich, wenn der Bauer keine Lust hatte, morgens, mit einem Gewehr bewaffnet, aus seinem Gefängnis, eine Art Käfig abholen, der im Dorf um ein altes Haus gebaut worden war.

Das Streblowsche Gehöft selbst lag einige Kilometer vom Ort Lenz bei Stargard entfernt, ganz einsam. Eines Tages sagte der Franzmann zu mir: »Warum du sagen 'eil 'itler, ich auch nix sagen 'eil Rolf!« Er konnte doch das »H« nicht aussprechen, deshalb hab ich mich köstlich amüsiert.

Zwischendurch besuchte mich meine treu sorgende Mutter. Sie stellte fest, dass ich vielleicht doch später mal Bauer werden könnte und mich eigentlich jetzt schon für eine der beiden Bauerntöchter interessieren sollte. Das deckte sich aber überhaupt nicht mit meinen Vorstellungen.

Der Erntehilfezeit war vorbei, es ging wieder zurück nach Berlin. Da war nun schon 1942 richtig Kriegszustand. Mein Bruder Gerd, Jahrgang 1921, diente inzwischen bei der Wehrmacht. Auch mein Vater, der schon den Ersten Weltkrieg mitgemacht hatte, war wieder Soldat geworden. Als alter Frontsoldat bekam er aber zunächst einen Schreibstubenposten im Wehrbezirkskommando, was für mich und Gerd von großer Bedeutung war. Papa konnte es beeinflussen, wohin wir einberufen werden sollten. Bei Gerd hielt dieser Vorteil leider nur kurze Zeit. Nachdem er zunächst Luftwaffensanitäter war, wurde er im Herbst 1943 zur Infanterie abkommandiert und ist wenige Tage später in Russland gefallen.

Abbildung 10: Gerd in Uniform

Wir Schuljungs dachten 1942 noch ganz bewusst am Krieg vorbei. Amerikanische Jazzmusik war unser großes Interessengebiet. Weil Uwe Cunz schon Schlagzeug spielte, ein anderer eine Gitarre besaß und Erwin Knüppel große Künste auf seinem hundertzwanzigbässigen Akkordeon präsentierte, wünschte ich mir zu meiner Konfirmation von allen Verwandten Geld, um mir davon ein Saxofon zu kaufen. Das war gar nicht so leicht zu bekommen. Papa besorgte einen Bezugschein, und bald darauf kam mein Saxofon aus Klingenthal per Post ins Haus. Als ich den Koffer aufmachte und mir das silberne Instrument, in grünen Samt gebettet, entgegenschimmerte, war ich tief gerührt.

Durch meine Vorkenntnisse von der Blockflöte gelang es mir ganz schnell, die Griffweise des Instruments zu erlernen, und ich konnte nach unglaublich kurzer Zeit in unserer Schülerband mitspielen. Wir übten wie die Besessenen. Amerikanische Hits wie »Some of this Days" oder auch der »Tiger-Rag« gehörten zu unserem Repertoire. Später waren es dann noch die deutschen Kinohits wie »Liebling, was wird nun aus uns beiden?« oder »Bei dir war es immer so schön«.

Mit einem Bezugschein von der Vereinigung »KdF« (Kraft durch Freude) hatte mir Papa Saxofonunterricht bei einem renommierten Lehrer organisiert. Herr Professor Huber war Klarinettist an der Berliner Staatsoper und stellte sich für diese Betätigung zur Verfügung. Da hatte ich wirklich Glück, denn in Windeseile konnte ich viel bei ihm lernen. Mein bereits vorhandenes musikalisches Grundwissen half mir natürlich sehr dabei. Ein Konzertstück für Alt-Saxofon, »Gio Condita« von Karl Elbe, von dem ich heute noch die Noten habe, übte er mit mir ein, um damit meine Aufnahmeprüfung an der Hochschule für Musik zu wagen. Daraus ist dann aber doch nie etwas geworden. Ich glaube auch, dass in dieser Zeit schon kein geregelter Betrieb mehr in der Hochschule stattfand.

Weil es seit 1942 in Deutschland wegen des Soldatseins kaum noch Musiker gab, bekamen wir schnell Auftrittschancen. In erstklassigen Etablissements, wie in dem »Uhland-Eck« am Kurfürstendamm Ecke Wilmersdorferstraße, oder im »Mokka-Efti« am Tiergarten hatten wir kurzzeitige Engagements, allerdings ohne Gage, soweit ich mich erinnere. Eines Tages – wir spielten fröhlich in »Heckers Maxim-Bar« – erschien ein Herr von der Reichsmusikkammer, der uns unmissverständlich sofortiges Auftrittsverbot erteilte.

Zwischenzeitlich hatte uns aber ein Musikagent gehört, der uns große Versprechungen machte, an einer Tournee der KdF-

Wehrbetreuung teilzunehmen. Es sollte nach Südfrankreich gehen. Weil wir alle minderjährig waren, mussten unsere Eltern schriftlich einwilligen. Bei Erwin Knüppel, dessen Eltern eine Fleischerei in der Westfälischen Straße hatten, gab es die größten Schwierigkeiten. Sie hielten gar nichts von Erwins musikalischen Ambitionen und wollten ihn unbedingt zum Schlachter machen. Irgendwie hat es dann doch geklappt, allerdings ging dann erst 1943 die Tournee in eine andere Richtung – nach Russland.

Das war für einen Sechzehnjährigen dann doch ein überwältigendes Erlebnis. Wir wurden eingekleidet, als ob wir eine Nordpolexpedition starten wollten. Dicker Pelzmantel, Fellstiefel usw. Alles wurde in eine alte Ju52, den »Wellblechdampfer« der Lüfte, verfrachtet, und ab gings vom Flugplatz Tempelhof in Richtung Pleskau, einer Stadt im heutigen Weißrussland. Mit der Landung gab es an diesem nebligen Abend Kalamitäten. Ich konnte notdürftig aus dem kleinen Fenster der Maschine erkennen, wie unten auf dem Feldflugplatz große Strohballen angezündet wurden – wohl wegen der besseren Landeorientierung – aber der Versuch zu landen misslang dennoch. Es wurde umgekehrt, um in der Nähe von Riga zu pausieren und besseres Wetter abzuwarten. Beim zweiten Versuch hat dann alles geklappt.

Abbildung 11: JU 52

Wir drangen mit unserer Gruppe – das waren noch drei Sängerinnen und eine Stepptänzerin – bis in die vorderste Hauptkampflinie vor. Dies konnte geschehen, weil damals im Gebiet von Pleskau (nicht allzu weit von St. Petersburg entfernt) noch stehende Front war. Die Grenze bildete der Fluss Lowat. Auf dem höheren Ufer lagen die Deutschen in Schützengräben und Unterständen verschanzt, auf der anderen Seite lag der Iwan. Mit dem Fernglas konnte man die Soldaten patrouillieren sehen. Am Tage tat man sich nichts und konnte sich gemütlich gegenseitig beobachten. Nachts kam die »Lahme Ente«, ein Flugzeugtyp aus dem Ersten Weltkrieg, und die Russen warfen Bomben mit der Hand über Bord.

Dass wir in diesem Gebiet noch Musik machen sollten, schien unwahrscheinlich. Wurde aber gemacht. Allerdings wichen wir auf irgendwelche Räumlichkeiten aus, die es noch in den umliegenden Dörfern gab.

Im Anschluss an unsere Vorstellungen gab es oft Einladungen zu Feten aller Art. Die Damen unseres Ensembles wurden dann ins improvisierte Offizierscasino gebeten, während wir Jungs uns mit dem Küchen- oder Unteroffizierspersonal abzufinden hatten. Wenn man bedenkt, wie es mit dem Frauenmangel über Wochen, Monate, vielleicht sogar Jahre bei den Soldaten beschaffen war, konnte man verstehen, welche Absicht von den Offizieren verfolgt wurde, uns Jungs bei den abendlichen Feten abzusondern! Ich konnte damals noch nicht so weit denken, hatte aber zu der Zeit auch schon eine glühende Verehrung für unsere Tänzerin Eva Brümmer.

Das ist jetzt eine ganz andere Geschichte. Nur so viel: Eva war mit einem Musical-Clown liiert. Weil diese Partnerschaft irgendwie mal in die Brüche ging, setzte sie mir den Floh ins Ohr, mit ihr eine artistische Nummer aufzubauen, in der sie auch Saxofon blasen und steppen wollte und ich den musikalischen Clown spielen sollte. Ich habe diesen Gedanken damals sehr ernst genommen, zumal später auch der Gastspieldirektor Scheuthle für dieses Vorhaben ein offizielles Angebot machte.

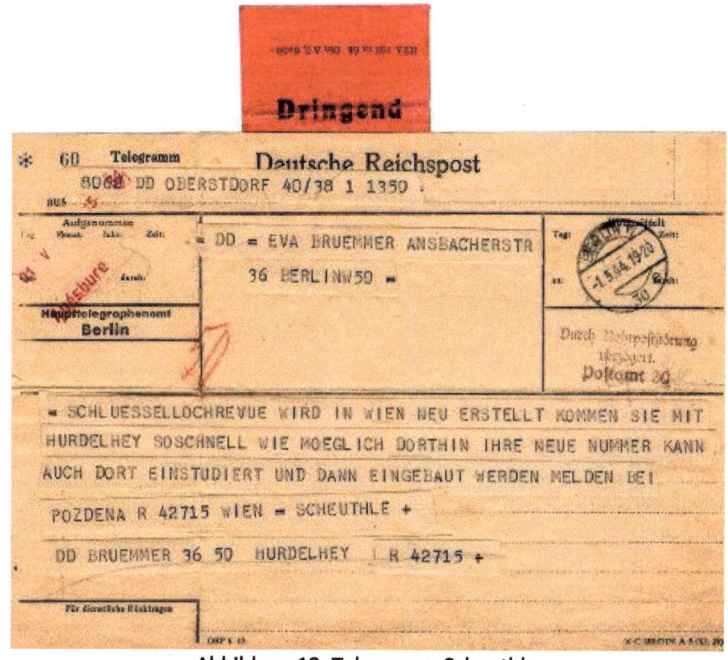

Abbildung 12: Telegramm Scheuthle

Weil der Alkohol immer ein bisschen mitspielte, kam es bei den abendlichen Feten mit den Soldaten zu den kuriosesten Begebenheiten. Einmal hat man mit uns Jungs mitten in der Nacht einen Geländeritt unternommen, bei dem in original weißrussischen Bauernhäusern eingekehrt wurde. Die eingeschüchterten Bewohner waren außergewöhnlich freundlich, und man bot an, was die armen Menschen eben zu bieten hatten. Die Soldaten präsentierten uns als »Germanski Artisti«, was besondere Verehrung bei den Bauersleuten hervorrief. Sie zeigten uns stolz ihren privaten Altar mit diversen Kruzifixen und untermauerten ihre Freundschaft mit den Deutschen, indem sie uns Samachonka, ihr selbst gebrautes Getränk, anboten. Dazu muss aber doch festgestellt werden, dass dieses Gebräu grauenvoll schmeckte. Außerdem war es, weil in diesen russischen Bauernhäusern keine

Fenster sind, fast unerträglich, die stickige und zugleich stinkende Luft zu ertragen. Dennoch: Die Menschen waren so artig und freundlich zu uns, dass man annehmen konnte, sie wären froh, einstweilen vom Stalin-Terror befreit zu sein.

Noch während unseres Aufenthalts in Weißrussland kam plötzlich die Nachricht, dass der Russe in unserer unmittelbaren Nähe durchgebrochen sei. Mit einem der letzten Güterzüge (die fuhren damals bis dreißig, vierzig Kilometer hinter der Hauptkampflinie) nahmen wir, zusammen mit Schwerverwundeten, Reißaus Richtung Heimat.

In Wirrballen an der litauischen Grenze fand noch die obligatorische Entlausung statt, ohne die man nach Deutschland nicht einreisen durfte. In Berlin stellte ich fest, dass meine Mutter inzwischen nach Blankenburg am Harz zu meinen Großeltern gezogen war. Unser Haus in der Katharinenstraße stand nur noch zur Hälfte; große Teile des Mauerwerks waren in den Innenhof gestürzt. Auch von unserer Wohnung.

Einige Tage verbrachte ich trotzdem dort und erlebte schlimme Bombenangriffe. Jedes Mal, wenn eine Luftmine in der Nähe einschlug, schaukelte der Keller, in dem wir Schutz suchten, wie ein Schiff in schwerem Sturm. Dann war alles total verqualmt, schlimm verstaubt, und man war froh, nach dem Angriff wieder den Keller verlassen zu können.

Ein Marschbefehl vom Arbeitsamt kommandierte mich zu meiner Agentur, die inzwischen nach München verzogen war. Hier erlebte ich das größte Inferno meines Lebens. Die Münchener Innenstadt wurde quasi in einer Nacht total ausradiert. Auch unser Hotel »Bayrischer Hof«, in welchem wir untergebracht waren. Weil durch Brandbombenabwürfe eine Etage des Hotels nach der anderen ausbrannte, gab es nur den Ausweg, mit nassen Decken umhüllt durch die Feuersbrunst zunächst in den Windschatten eines großen Denkmals zu laufen und dann eine rettende Nebenstraße vom Hotel zu finden, in der keine Feuersbrunst tobte.

Komischerweise kann ich mich nicht erinnern, in all diesen Gefahrenmomenten jemals Angst gehabt zu haben. Ein Kleiderbügel, den ich in aller Eile mitgenommen hatte und heute noch habe, erinnert mich immer wieder an diese Höllennacht.

Abbildung 13: Kleiderbügel

Von der Münchener Agentur wurden wir im Januar 1944 nochmals für drei Monate zur Wehrbetreuung geschickt. Diesmal ging es mit Künstlern des berühmten Kabaretts der Komiker ins polnische Protektorat. Wir spielten zunächst mehrere Wochen in einem Krakauer Theater.

Das kleine Revue-Orchester, in welchem ich als Saxofonist mitwirkte, saß im Orchestergraben. Ganze fünf Musiker waren wir. Ich hatte mir die Saxofonstimme peinlichst genau eingebläut. Weil eine Schauspielerin an schwerer Gelbsucht erkrankte, musste ich urplötzlich auf der Bühne einspringen und in der Revue »Durchs Schlüsselloch« die Rolle des Hotelpagen übernehmen. In den Aktpausen ging ich mit einem Bauchladen vor der Brust vor den geschlossenen Vorhang und sang: »Schokolade, saure Drops, kalter Kuss, kalter Kuss!« Meistens bekam ich großen Applaus, sodass ich auf den Gedanken kam, vielleicht doch mal Schauspieler zu werden. Eigentlich schwirrte mir bis dahin immer der Beruf des Sportreporters durch den Kopf – von Musiker keine Spur!

Die Polen-Tournee führte uns weiter über Tschenstochau, wo es die berühmte schwarze Madonna gibt, und Petrikau bis nach Lemberg. Im April 1944 verkündete plötzlich Goebbels den totalen Krieg. Nun war Schluss mit lustig, und aus wars mit der Wehrbetreuung, obwohl schon wieder ein neuer Marschbefehl nach Verona in Oberitalien vorlag.

Jetzt kam ich in Schwierigkeiten, dass man mich mit Einberufungsbefehlen, deren es bis dahin schon viele gab, doch mal fassen könnte. Man wollte mich schon immer ins Wehrertüchtigungslager, zur Heimatflak oder zum Arbeitsdienst haben. Meine Mutter, Papa und auch die Großeltern hatten immer prima mitgespielt und die Nichtauffindbarkeit des Gesuchten beteuert.

Während eines Aufenthaltes in Blankenburg, wo ich übrigens große Teile meiner Kinderjahre in allen Ferien verbracht hatte, schnappte mich die Polizei und riet mir im Guten, schnellstens nach Danzig zum Arbeitsdienst einzurücken. So geschah es dann auch. Es folgten schlimme drei Monate im sogenannten polnischen Korridor. Dahin hatte man mich verfrachtet. Dem langhaarigen Künstler aus Berlin wollte man schon die Leviten lesen.

Die Baracken der Einheit befanden sich genauer gesagt in der Tucheler Heide. Dort sollten sogenannte Splittergräben – drei Meter tief – mit der Schippe ausgebuddelt werden. Einmal stand ein wichtigtuender Gernegroß vor mir und drohte, mich hinabzustoßen! So war der vormilitärische Irrsinn!

In guter Erinnerung ist mir, wie wir zu zweit in den Wald geschickt wurden, um Pilze zu sammeln. Mein Arbeitsmann-Kamerad und ich hatten binnen zwei Stunden körbeweise Pfifferlinge gefunden, die für die Mittagsmahlzeit der ganzen Kompanie (oder wie es damals hieß, jedenfalls ca. 120 Mann) ausreichten.

Und dann gab es da noch in dieser trostlosen Zeit den Versuch meiner Mutter, mich in dieser verlassenen Gegend zu besuchen. Wegen der strengen Sitten und Gebräuche blieb uns aber dafür nur eine Stunde Zeit im Bahnhof des Ortes Konitz. Mulle hatte meine Cousine Edith mitgebracht. Mulle war, um ihre Mutter zu besuchen, nach Schneidemühl gereist, das unweit von meinem Aufenthaltsort lag. Edith, die Tochter von Tante Toni, war inzwischen auch nach Schneidemühl geflüchtet. Sie wollte unbedingt Rolf in Uniform sehen. Durch Ediths dummes politisches und für uns unerträgliches Geplapper wurde diese eine Besuchsstunde merklich getrübt. Edith plapperte natürlich die dumme, verblendete Hitlerverehrung ihres Vaters nach – der Apfel fällt nicht weit vom Stamm!

Am 20. Juli 1944 versuchte Graf Stauffenberg, leider vergeblich, Hitler beiseitezuschaffen. Die eingefleischten Nazis unter unseren Vorgesetzten wurden immer unruhiger. Ich hatte die Hoffnung, vielleicht bald das Ende dieses Kriegswahnsinns zu erleben. Aber es sollte damit noch fast zehn böse Monate dauern. Nach drei Monaten beim Arbeitsdienst wurde ich dann in Ehren entlassen, um, wie befohlen, anschließend gleich beim Militär einzurücken.

Einen Brief an mein Wehrbezirkskommando, den ich bei meiner Entlassung vom Arbeitsdienst ausgehändigt bekam, ließ ich in einem Berliner Gully verschwinden, weil ich gelesen hatte, dass man mir umgehend den Einberufungsbefehl zur Wehrmacht ausstellen sollte. Bei guten Freunden und Verwandten fand ich Gelegenheit, für eine Zeit lang unterzutauchen, wodurch es mir gelang, für Einberufungsbefehle nicht auffindbar zu sein. Auf kluges Anraten meines Vaters bewarb ich mich aber inzwischen bei der Marine für die Reserve-Offizierslaufbahn. Die bot die Möglichkeit, erst einmal zur Eignungsprüfung in Stralsund anzutreten. Das verschaffte mir wieder Zeit, nicht so schnell eingezogen zu werden.

Auf der Fahrt nach Stralsund machte ich eine Pause in Bernau, wo ich meinen Vater treffen wollte. Der war jetzt Schreiber beim Standort-ältesten der Wehrmacht in einer Bernauer Kaserne. Er war in der Zwischenzeit Feldwebel geworden. Mein Vater bekam die Beförderungen quasi hinterhergeschmissen, weil er den Ersten Weltkrieg mitgemacht hatte und sogar verwundet worden war. Feldwebel ist sozusagen der diensthöchste militärische Stand im Unteroffiziersbereich, ehe die Offizierslaufbahn beginnt. Als nicht geübter Militarist hoffe ich, mich hier einigermaßen verständlich ausgedrückt zu haben.

Nachdem ich meinem Vater schilderte, dass ich Halsschmerzen hätte, begriff er sofort den Ernst der Lage. Er rief einen ihm bekannten Stabsarzt an, der nach einer oberflächlichen Untersuchung meine derzeitige Wehruntauglichkeit feststellte und mich ins hiesige Krankenhaus in Bernau überwies. Ich fand Aufnahme in einem Zweibettzimmer; mein Zimmerkollege war ein Jockey, dem man ein Bein amputiert hatte. Der war trotzdem lustig und witzelte den ganzen Tag. Man nahm meine Krankheit sehr ernst, denn man behandelt mich mit mehreren Medikamenten. Nach einer Woche wurde ich für gesund befunden, aus dem Krankenhaus entlassen und durfte nun zur Offizierslaufbahnprüfung bei der Marine nach Stralsund weiterreisen.

Obwohl ich wegen mangelnder militärischer Vorkenntnisse bei der Prüfung mit Pauken und Trompeten durchfiel, hatte man mich trotzdem für die Funker- oder Funkmesslaufbahn vorgesehen. Das musikalische Gehör spielte dabei wohl auch eine gewisse Rolle.

Über Kiel kam ich nach Kopenhagen zur sogenannten Grundausbildung mit allen militärischen Schikanen, welche die Herren Ausbilder zu bieten hatten.

Abbildung 14: Rolf in Marine-Uniform, Dez. 1944

Dann Insel Fehmarn – Ausbildung an Funkmessgeräten – war die nächste Station, bis meine Marineeinheit zum infanteristischen Endkampf um Berlin vorgesehen war. Dazu wurde ich mit Hunderten Soldaten auf Fährprahmen von Neustadt nach Rerik an der Ostsee geschippert. Von hier aus, genauer gesagt von der Insel Wustrow, starteten die allerletzten Flugzeuge mit Versorgung aller Art für die deutschen Truppen in Berlin. Auch unser Bataillon war für diesen Einsatz vorgesehen.

Ein kluger Kommandeur kam zu dem schnellen Entschluss, unseren Truppenteil Richtung Westen zu lenken. Wahrscheinlich wegen der nahenden russischen »Dampfwalze« oder auch wegen der für deutsche Soldaten aussichtslosen Kämpfe in Berlin.

Es folgte ein Eilmarsch Richtung Wismar, wo wir eines Morgens reichlich zermürbt in einer Kaserne ankamen. Ich erinnere mich, in einer Turnhalle, auf blankem Fußboden die Nacht verbracht zu haben. Wenig später der Befehl: »Alles raustreten, Waffen ablegen!« Englisch-kanadische Soldaten hatten das Gelände betreten, sogar umstellt. Ich hatte Glück, ich konnte mein Gewehr einem englischen Soldaten persönlich übergeben. Auf mein erlerntes Schulenglisch »Here, you have my gun, I'm very happy – war is over« reagierte der Mensch, indem er mir eine Zigarette anbot. Kaum zu glauben, aber wahr!

Dann alles auf der Straße antreten und ohne Tritt Marsch in die Gefangenschaft. Ein Leutnant, der glaubte, immer noch eine Extrawurst zu haben, übergab mir sein Fahrrad mit den Worten: »Halten Sie mal, Sie werden mein Putzer!« Ich antwortete ihm siegesbewusst: »Halten Sie Ihr Fahrrad selbst, der Krieg ist vorbei.«

Man trottelte so vor sich hin, fühlte sich nicht gerade gefangen, weil von Bewachung wenig zu sehen war. Nur ein sehr langsam fliegendes Flugzeug begleitete die immer größer werdende Kolonne. Ein neben mir laufender Unteroffizier ließ wissen, dass es seine Absicht sei, nach Hause – nach Aschersleben – zu wollen. Mein Ziel war Blankenburg am Harz, nicht allzu weit entfernt von seinem Zielort. Wir trottelten zusammen.

Plötzlich: Stopp! Eine Kette englisch-amerikanischer Soldaten versperrte die Straße und wies uns den Weg: »Go into the camp!« Man ahnte nichts Gutes. Auf einer Wiese in der Nähe der Stadt Gadebusch trieb man die deutschen Soldaten zusammen. Vorher hatte man uns so gut wie alles, was wir bei uns trugen, abgenommen. Die folgenden Tage waren nicht leicht zu überstehen. Irgendwann gab es ein Stück Brot. Oder ein bisschen wässerige Suppe wurde unter den Soldaten verteilt.

Inzwischen war wohl der Krieg zu Ende? Kein Interesse dafür, nur Hunger! Ich versuchte mit zwei Kameraden aus dem Lager auszubrechen. Der Stacheldrahtzaun war mehr symbolisch als ernst zu nehmen. Die Flucht im Dunkel der Nacht gelang. Wir liefen bis zum Morgengrauen, um dann festzustellen, dass wir wieder in Lagernähe angelangt waren. Mit einem Trupp, den unsere Bewacher zum Holzholen rausgelassen hatten, schlichen wir uns wieder auf die Gefangenenwiese.

Noch waren wir nicht an der Endstation unseres »Wehrdienstes« angekommen. Es folgte ein schier endloser Fußmarsch über Lübeck, Eutin, Lütjenburg bis zu einer Waldgegend in der Nähe des Dorfes Todendorf an der Ostsee. Hier sollte der Aufenthalt noch einige Wochen andauern.

Das Hungern ging weiter. Immerhin hatte die Lagerleitung in diesem Distrikt schon ein wenig die Übersicht bekommen. Der ausgehängte Essensplan am Schwarzen Brett wies diesen Verpflegungssatz aus. Ich erinnere mich: pro Tag eine Scheibe Brot, 3 Gramm Erbsen, ein Achtel Hering usw. Brennnesselsuppe verlängerte den Speiseplan und sorgte für eine warme Mahlzeit. Man hungerte sich so durch. Schnell gebastelte Laubhütten waren wochenlang unsere Unterkünfte. Bis eines Tages, um den 10. Juli 1945, die Parole im Lager Verbreitung fand, dass der Tommy, wegen Sicherung der Ernte in Deutschland, zunächst die Landarbeiter entlassen würde. Mit einem Mal waren wir alle Landarbeiter. Und der Bauerntrick funktionierte!

Das Entlassungszeremoniell aus der Deutschen Wehrmacht führten die Engländer komplett mit Daumenabdruck und Entlausung in Eutin durch und schickten uns dann per Lastwagen nach Lüneburg. Von dort bin ich irgendwie per Anhalter oder auch »per pedes« in Blankenburg am Harz angekommen.

Mein Vater war schon da. Die Frage kam auf: »Wo warst du?« Eine erstaunliche Antwort folgte: »In einem Lager bei Todendorf an der Ostsee!« Und noch viel erstaunlicher: Mein Vater war wieder in der Schreibstube des Lagers gelandet und hatte den besagten Speiseplan geschrieben.

Ich wog 90 Pfund bei meiner damaligen Militärgröße von 1,69 Meter. Bei meinem Vater schlotterte die Kleidung am zusammengefallenen Körper. Meine Oma hatte im Brotkasten verschimmeltes Brot als Hühnerfutter aufbewahrt. Nach meiner Hungerzeit verstand ich die Welt nicht mehr! Und erst jetzt mussten wir richtig kapieren, dass mein Bruder Gerd, der mit 22 Jahren für diesen blödsinnigen Krieg sein Leben lassen musste, im Familienkreis fehlte.

Wenn ich alles noch mal überdenke, habe ich doch in dieser furchtbaren Kriegszeit meistens ein bisschen Glück gehabt. Da war die Höllennacht in München, als wir im berühmten Hotel Bayrischer Hof untergebracht waren, als die Brandbomben fielen. Es hieß, jetzt ist das Feuer im 3. Stock, dann im 2. Stock und dann schnell raus aus dem Haus. Wir liefen – in nasse Decken gehüllt – durch die Feuersbrunst, bis wir im Windschatten eines großen Denkmals Rettung fanden. Ein Kleiderbügel mit der Aufschrift des Hotels Bayrischer Hof hängt heute noch in meinem Kleiderschrank.

Vorher hatte ich schon die schweren Bombenangriffe auf Berlin miterlebt, als eine sogenannte Luftmine (das waren Bomben schwersten Kalibers) in unserem Nachbarhaus detonierte. Wir saßen im Luftschutzkeller. Der schwankte wie ein Schiff in schwerer See. Es qualmte und staubte. Obwohl ein ganzer Flügel unseres Wohnhauses in den Innenhof gestürzt war, kamen wir alle lebend heraus. Glück hatte ich auch, dass sie mich nicht mehr mit nach Berlin geflogen haben, um für »Führer und Volk« die Reichshauptstadt zu verteidigen.

Dem Feind habe ich nur in Russland mit einem Fernglas vom hohen Ufer des Flusses Lowat ins Auge gesehen. Und auf dem Kasernenhof in Wismar war die persönliche Begegnung mit dem Feind Auge in Auge recht friedlich. Aus meinem Gewehr, das ich damals abgeben durfte, musste ich glücklicherweise nie schießen. So bin ich – jetzt im 94. Lebensjahr – zusammenfassend doch meinem Schicksal recht dankbar, diesen Krieg unbeschadet überlebt zu haben.

Nachkriegszeit

Auf dem Arbeitsamt in Blankenburg fragte mich der Angestellte nach meinem Beruf. Ich stammelte was von Schüler oder Musiker, worauf er mich zum hiesigen Kurorchester schickte, welches unter der Leitung eines äußerst routinierten Stehgeigers aus Hamburg schon in Aktion war. Dort waren zu diesem Zeitpunkt viele gute Musiker aus großen Orchestern der zerbombten Städte versammelt. Ich konnte viel lernen und tat es! Meine berufsmusikalische Laufbahn begann.

Blankenburg am Harz war zu diesem Zeitpunkt noch von Engländern besetzt. Die Innenstadt war zwar durch Artilleriebeschuss stark beschädigt, aber ansonsten hatte die Stadt noch ihr altes Aussehen bewahrt. Wir bewohnten damals zwei Etagen in dem dreigeschossigen Haus meiner Großeltern: meine Eltern oben und die Großeltern unten. In der Mitte des Hauses – dort war auch eine Dreizimmerwohnung, allerdings ohne Bad und Toilette – hatte man Flüchtlinge aus Pommern einquartiert. Frau Schlemminger mit ihren vier Kindern und einer alten Mutter. Ein trauriger Zustand.

Abbildung 15: Haus von Oma und Opa Hurdelhey in der Klosterstr. 18, Blankenburg am Harz

Am 15. Juli des Jahres 1945 geschah das, was ich späterhin doch als schicksalhaft bezeichnet habe. Der Engländer und der Russe hatten ein Abkommen geschlossen, wonach mit dem Austausch von Gebieten im

Braunschweigischen und Mecklenburgischen neue Grenzen gezogen wurden. Blankenburg, eine Enklave des urbraunschweigischen Landes, gehörte nun zur sowjetischen Besatzungszone. Dafür erhielt der Engländer irgendwo in Mecklenburg einen Ausgleich. Wir bekamen diese Veränderung mit, als eines Morgens Männer mit roten Armbinden in der Klosterstraße patrouillierten und in der Stadt von früher bekannte Kommunisten leitende Positionen übernahmen. Die kuriosesten Dinge passierten. In den Villen der einst betuchten Blankenburger machten sich die Bonzen breit. In Erinnerung ist mir noch, wie sich die Töchter vom neuen Landrat mit den Pelzmänteln der geflohenen Hausbesitzer schmückten. Hemmungen und Scham kannten diese Menschen nicht. Im Gegenteil, man begründete sein Recht: »Jetzt sind wir Hammer und nicht mehr Amboss.«

Das ist der wörtliche Ausspruch unseres Angestellten im Bier- und Mineralwasserverlag, Walter Köchig. Mein Vater, der bis 1952 in Blankenburg blieb und mit Opa das Geschäft führte, hatte sein Tun, Herrn Köchig zu belehren, dass die Kommunisten auch nicht viel besser seien als die mörderisch kriegführenden Nazis. Denn gleich nach dem Machtwechsel durch die Kommunisten gab es Verhaftungen zuhauf.

Der inzwischen heimgekehrte Vater unserer Flüchtlingsfamilie – er soll Militärrichter gewesen sein – wurde abgeholt. Und kam nie wieder.

Weil Oma gegen Kriegsende mit Lebensmitteln ein bisschen vorgesorgt hatte, ging es uns in dieser Beziehung gar nicht so schlecht. Die schlimmen Jahre kamen später: 1946 und 1947.

Am 15. August 1945 stiefelte ich mit meinem später langjährigen Kollegen Hermann Klaus durch Blankenburg zum ehemaligen Hotel Heidelberg. Hier sollte die inzwischen gegründete Kurkapelle für dort einquartierte russische Verwundete ein Konzert geben. Es war mein erstes Engagement nach dem Krieg.

Erich Göpfert hieß der Mann, der in Blankenburg die Initiative ergriffen hatte, um ein Kurorchester zu gründen. Ganz sicher muss er dabei Unterstützung gehabt haben, denn in dieser Hungerzeit gab es sicher viele andere Sorgen. Das Orchester – als Fachmann sage ich mal in sogenannter französischer Besetzung – war ein Sammelsurium von nach Blankenburg geflüchteten Musikern. Aus allen Ecken Deutschlands kamen sie.

Mein »Spannemann« neben mir war ehemals Solo-Flötist in Aachen am Theater. Der Cellist, mit dem Nebeninstrument Tenor-Saxofon, von dem nachher noch die Rede ist, war bis zur Ausbombung Musiker am Theater in Braunschweig gewesen. Ich war sozusagen in dieser Gesellschaft das Greenhorn, auch bei Weitem der Jüngste im Bunde.

Die Betätigung des Orchesters war recht vielseitig. Zu den verschiedensten Anlässen wurde Musik gebraucht. Ich erlebte zum ersten Mal öffentliche Wahlveranstaltungen im demokratischen Sinne und amüsierte mich köstlich wegen der schonungslosen Anpöbeleien der Parteien untereinander. Dann wurden wir auch zu den sogenannten Landreform-Veranstaltungen auf die umliegenden Dörfer geschickt. Hier bekam jeder Landarbeiter »sein Stück Kuchen« vom Besitz der bisherigen Gutsbesitzer oder Großbauern, die zum Teil schon in den Westen geflohen waren. Aber 1949 wurde diese Entwicklung nach sowjetischem Vorbild wieder zurückgenommen und durch die Gründung von LPGs (Landwirtschaftliche Produktionsgenossenschaften) umgewandelt: Erst bekam jeder Kleinbauer sein Stück Land zugeteilt, um es dann 1949 später wieder der Gemeinschaft zurückzugeben! Irgendwie bahnte sich damals schon der Unsinn von Strategien unter der kommunistischen Führung an.

Die inzwischen gegründete Musikergemeinschaft veranstaltete Schulungen, in denen über die sozialistisch-kommunistische Entwicklung der Zukunft referiert wurde. 1980 würde die Entwicklung bis zum vollendeten Kommunismus abgeschlossen sein, dann gäbe es kein Geld mehr und jeder lebte frei und sorglos nach seinen Bedürfnissen in Tag hinein!

Unsereins hat diese Belagerung von Propaganda und Beeinflussung aller Art an sich vorbeiflattern lassen. Ich hatte mit mir zu tun, indem ich in meiner Dachkammer übte, übte und noch mal übte. An manchen Tagen waren es bis zu acht Stunden.

So langsam setzte ich mich mit den Fortschritten meines Saxofonspiels im Orchester durch. Neben den vielen Unterhaltungskonzerten traten wir auch oft zu Tanzveranstaltungen auf. Meine älteren Kollegen waren in puncto Tanzmusik nicht so bewandert, und ich erkannte schnell meine Stärken. Auf selbst angefertigtem Notenpapier brachte ich meine ersten Arrangements zuwege. Weil es ja noch keine Orchesternoten zu kaufen gab, war mein Chef, Herr Göpfert, gleich begeistert. Unser Publikum wollte natürlich die aktuellen Radio-Hits hören – damals waren das vorwiegend Ami-Schlager. Ich erinnere mich, dass wir mit »In The Mood« und »Sentimental Journey« große Erfolge hatten.

Mein Marktwert im Orchester war also gestiegen. Trotz und alledem sah ich aber ein, dass die Grundlage meines musiktheoretischen Wissens noch gehörigen Nachholbedarf hatte. Helmut Gropp, der Pianist unseres Klangkörpers, war ein großer Theoretiker in der Musik. Er hatte früher mal eine Oper komponiert und erklärte sich bereit, mich zu unterrichten. Der Unterricht war trocken, eigentlich langweilig, aber ich versuchte, ihm das Wesentliche abzugewinnen.

So vergingen die ersten drei Nachkriegsjahre für mich in Blankenburg am Harz. Aber da wäre noch was nachzuholen: Zwischenzeitlich

hatte ich Gisela, meine erste Frau (wir heirateten im August 1947) kennengelernt. Mit ihr bewohnte ich das kleine Dachgeschoss des Hauses
in der Blankenburger Klosterstraße. Giselas Eltern waren geschieden;
ihr Vater, ein gewisser Herr Richard Buchhorn, war Bürgermeister von
Blankenburg geworden, weil er sich als alter Kommunist outete. Später
bekam er dann aber politische Schwierigkeiten und wurde von seinen
Genossen abgeschoben. Mit Richard Buchhorn bin ich nie klargekom-
men. Unsere Weltanschauungen waren zu unterschiedlich.

Abbildung 16: Vier Generationen Hurdelhey

Am 8. Februar 1949 kam ein Hurdelhey der vierten Generation auf die
Welt. Senior Opa Heinrich erlebte das noch mit, sodass wir glücklichen
Anlass hatten, nach gut einem halben Jahr dieses Bild zu präsentieren.
Außer Urenkel Ralph sah man den anderen drei Hurdelheys an, in
welcher Hungerperiode man sich gerade befand. Mein Vater, der in

Friedenszeiten gewichtsmäßig mal mit der Zwei-Zentner-Marke zu kämpfen hatte, hing ziemlich ausgehungert in seinem schwarzen Anzug. Es klingt hier alles so lustig, obwohl ich doch erwähnen sollte, dass diese jahrelange Hungerei bei uns allen, auch bei mir, zu schmerzhaften Hungerödemen führte.

Vielleicht ist es noch erwähnenswert, dass ich auch zu den Gründern des Blankenburger Sportvereins, der nach dem Krieg wieder auflebte, gehöre. Es hatte sich wohl rumgesprochen, dass ich ein Fußballfan war und meine Wurzeln dafür in Berlin lagen. Also sprach man mich an, ob ich nicht in der Jugendmannschaft mitkicken wolle. Zunächst gab ich diesem Wunsch statt. Meine Mitgliedschaft wurde umso interessanter, weil sich die Möglichkeit ergab, dass die Fahrten der Mannschaft mit dem Holzgas betriebenen LKW unseres kleinen Betriebes durchgeführt werden konnten. Unser Aktionskreis zog sich über die umliegenden Dörfer bis nach Halberstadt. Als wir dort hoch verloren und ich noch eins auf die Lippe bekam, war mein Gastspiel beim FC Blankenburg beendet.

Da war noch was: Bald nach dem Kriegsende hieß es, dass sich alle männlichen Personen im Alter von dann und dann bis dann und dann um die und die Zeit am Blankenburger Bahnhof einzufinden hatten. Bei Nichtbefolgen: schwere Strafen! Dieses Unternehmen endete nach einer Nacht- und Nebelfahrt in Güterwagen eines Morgens in Staßfurt, unweit von Magdeburg. Man verpflichtete uns, bei der von den Russen verordneten Demontage des dortigen Soda-Werkes mitzumachen. Hermann Klaus und ich waren wahrlich für solche Arbeiten ungeeignet. Damit hatte man den Bock zum Gärtner gemacht. Ich weiß nur noch, dass wir morgens in die Fabrik gingen und anschließend hinten in einer Ecke des Werkes das Gelände wieder verließen. Einige Fachleute, die dort Kessel und Rohre demontierten, meinten ohnehin, dass der von ihnen gewonnene Schrott für die Russen keinen Nutzen bringen würde. Frau Vogel in der Staßfurter Hamsterstraße (die hieß wirklich so), die uns ein paar Tage Quartier geboten hatte, bedauerte sehr, dass wir nach kurzer Zeit wieder nach Hause wollten. Ich sehe mich heute noch mit Herrmann auf den Gleisen von Staßfurt Richtung Blankenburg dahinstapfen. Aber irgendwann konnten wir dann doch mit der Eisenbahn in Blankenburg einfahren.

Was war sonst los in den Jahren von 1945 bis 1948? Noch ehe ich mit Gisela in die Ehe ging, hatte meine Mutter »Kuppelversuche« zu Eva Brümmer angebahnt. Eva war während der Tourneezeiten im Krieg mein Schwarm gewesen. Sie war Stepptänzerin und hatte damals den Plan, mit mir eine Musicalclown-Nummer aufzubauen. Damals war ich Feuer und Flamme ob dieser Idee. Das Kriegsende und dessen Folgen machte aber alle Spinnereien in dieser Richtung zunichte. Immerhin bin ich in früher Nachkriegszeit dann doch mal nach Berlin gefahren und habe Eva in der Rankestraße besucht. Sie schob mich mehr oder minder mütterlich ab und gab mir indirekt zu verstehen, dass sich ihr Geschäft jetzt auf der Straße abspielte, was ich erst nach anstrengenden Überlegungen langsam begriff!

Mein Engagement – ich nenne es mal Elevenzeit – im Kurorchester von Erich Göpfert ging ganz plötzlich zu Ende, weil sich für mich eine überraschend erfreuliche Situation ergab, die mir, meinem bisherigen Lehrmeister gegenüber, ein schlechtes Gewissen bereitete. Ich kämpfte damit, weil ich Herrn Göpfert enttäuschen musste. Der war ein großartiger Geiger mit einer Virtuosität, wie ich sie in meinem späteren Berufsleben nie wieder erlebt habe, aber dennoch wollte ich in meiner musikalischen Laufbahn auch mal »andere Luft« schnuppern.

Heini Amsel hieß der Mann, der im Spätsommer 1948 im Stadtpark von Blankenburg am Konzertpavillon den Klängen des Kurorchesters lauschte. Er war in der Absicht gekommen, den blonden jungen Mann (mich), der die Klarinette blies, abzuwerben und für seine Bigband zu gewinnen. Mit dem Fahrrad hatte er die Strecke von Wernigerode nach Blankenburg zurückgelegt und war sich sicher, sein Vorhaben mit vielversprechendem Köder erfolgreich durchzuführen.

Für zwei Mal je Woche (sonnabends und sonntags) abends Musikmachen bot er mir eine Gage von monatlich 500 Mark. Es ging um die Stelle des ersten Alt-Saxofonisten in seiner Band, was mich natürlich reizte. Da gab es kein Zögern. Ich sagte spontan zu, obwohl ich ein schlechtes Gewissen hatte, kurz und bündig meinen gütigen Lehrmeister Herrn Göpfert zu verlassen. Im gleichen Vorgang wurde auch noch unser Schlagzeuger Herrmann Klaus überredet, mitzukommen.

Wir spielten auf der Bühne des Speisesaals eines großen Werkes. Ein gewisser Herr Struckmeyer hatte diesen Saal innerhalb des großen Rauthal-Werkes gepachtet und in einmaliger Art für die damalige Zeit zum Tanzsaal umfunktioniert. Ich war von der pompösen Ausstattung unseres Spielortes total begeistert. Dazu kam noch der neue, mich sehr beeindruckende Kollegenkreis erfahrener und sehr guter Musiker. Zwei von ihnen waren gerade aus amerikanischer Gefangenschaft gekommen, hatten dort schon Musik gemacht und brachten Originalnoten aus Übersee mit.

Heinz Amsel, kurz Heini genannt, war als Musiker ein Traumtänzer. Mit seinem mäßigen Geigenspiel verkaufte er die Band als Showman! Aber ein netter Kerl war er, sodass man ihn gut leiden konnte.

Wenn Herrmann und ich in Richtung Wernigerode starteten, geschah dies mit unseren ziemlich altersschwachen Fahrrädern. Weil an meinem die Ballonbereifung schon bis auf das Gewebe abgefahren war, präparierte ich das Zweirad vor jeder Fahrt mit Strippe, die um die Bereifung gewickelt wurde. Etwa 15 Kilometer hatten wir jedes Mal zu bewältigen. Und jedes Mal war die Strippe total zerfetzt. Die eine Nacht auswärts verbrachten wir im ältesten Haus von Wernigerode. Das billig angemietete Zimmer war äußerst karg eingerichtet. Wenn wir morgens aus dem Fenster sahen, standen oft Menschen davor und ließen sich den historischen Wert des Gebäudes erklären. Schließlich wurde Wernigerode ja Klein-Paris des Harzes genannt und ist dem Krieg auch völlig unzerstört davongekommen. Daher gab es auch schon zu dieser Zeit Besucher dieser Stadt.

Das Gastspiel in Wernigerode nahm ganz schnell sein Ende. Der Spielbetrieb wurde aus mir unerklärlichen Gründen eingestellt. Und wir Musiker standen plötzlich auf der Straße. Es musste aber weitergehen. Also scharrte ich einige bereitwillige Musiker um mich und versuchte, mit einer schnell improvisierten Besetzung Auftrittsmöglichkeiten zu finden. Weil es immer nur Tagesgastspiele in verschiedenen Orten waren, ergaben sich auch große Schwierigkeiten betreffs des Transports unserer Instrumente. Schlagzeug und Kontrabass sollten schon einen fahrbaren Untersatz bekommen. Manchmal half mein Vater mit seinem Auto aus. Richtig in Gang ist aber mein Unternehmen damals nicht gekommen. Einen merklichen Rückschlag bekam ich auch noch, als zwei Musiker plötzlich in den Westen abgehauen sind.

Die Zusammenarbeit mit Heini Böhme bot für mich in diesen schwierigen Zeiten eine erneute Beschäftigungsmöglichkeit. Heini war ein ganz erfahrener Schlagzeuger (heute sagt man Drummer dazu), dem man in der Musik kein X für ein U vormachen konnte. Er wohnte in Elbingerode und kam nach Blankenburg, um mich für sein geplantes Revue-Unternehmen anzuwerben. Die erste Frage, die er mir stellte, lautete: »Kannst du Klavier spielen?« Ich entgegnete mehr oder minder schüchtern: »Na ja, zur Not!« Dann fragte er weiter: »Spielst du so oder so?« Bei dieser Frage unterstützte er das erste »so«, indem er mit der linken Hand und den Unterarm weit hin- und her schwenkte. Das zweite »so« versuchte er zu erklären, indem er stur hämmernd die Hand nur auf und ab bewegte. Ich verstand sofort(!), was er meinte, zögerte aber bei der Beantwortung der Frage. Dann sagte ich: »Sowohl als auch!« Diese Antwort bedeutete für mich, dass ich bei Heini Böhme fürs Revuetheater engagiert war.

Die Kapelle »Hurdelhey-Böhme« gab es nur im Wunschdenken von Heini. Immerhin hatte er schon das Briefpapier drucken lassen, was aber nie seinen Verwendungszweck fand.

Abbildung 17: Briefkopf »Hurdelhey Böhme«

Das Revue-Programm hingegen gab es mit einer strahlende Premiere. Sie fand im ausverkauften Dorfsaal von Heimburg statt und hatte in etwa diesen Verlauf: Zuerst musste ich den Bühnenvorhang ziehen, um dann schnell ans total verstimmte Klavier zu eilen und das Entree zu intonieren! Als Titel für die Programmeröffnung spielte ich: »Das kann doch einen Seemann nicht erschüttern«! – ein um diese Zeit sehr bekannter Gassenhauer!

Dann erschien Heini im weißen Smoking mit roter Fliege. Er war wirklich kein schlechter Conférencier, denn er fesselte das Publikum gleich mit einer großen Portion einschlägiger Witze. Der Bann war gebrochen. Dann ergriff Heini seine Gitarre und begann zu singen: »Auf den Flögeln bunter Träume ...« Jetzt erschien Heinis Frau Hanni. Im leicht bekleideten Outfit und mit erotischen Bewegungen umkreiste sie den singenden Troubadour, was die Leute im Saal fast von den Stühlen riss! Heinis Frau Hanni – eine gelernte Hausfrau mit zwei Kindern – war alles andere als eine Tänzerin, aber Heini verstand es, mit schier ungezügeltem Optimismus aus den kleinsten Möglichkeiten immer das Beste zu machen. Er war vor dem Krieg Schlagzeuger in mehreren Varietés in ganz Deutschland gewesen. Von bekannten Humoristen, z. B. dem überall sehr beliebten Carl Napp, hatte er viele Sketche mitgeschrieben. Diese Wunderwaffe stand ihm jetzt zur Verfügung, und ich war der Partner bei diesen Programmpunkten. Die Lacher auf Lacher erzeugenden schallenden Dialoge kamen beim Publikum auch groß an.

An eine Szene erinnere ich mich noch ganz genau: Der Sketch hieß »Gift«, und Heini spielte den Eisenbahner Paul Großmann. An einer Stelle hielt er eine Flasche in der Hand, starrte diese entsetzt an und rief aus: »Jetzt hab ick Jift jetrunken, und ick wollte mir jrade ne neue Hose koofen!«

Was sollte noch kommen? Die nächste Attraktion war der Zauberkünstler Joselli. Den hatte Heini aus Derenburg angeheuert, und der brachte u. a. seine singende Säge mit. Wir beide, ich und er, der Sägenspieler, hatten Schwierigkeiten, eine gemeinsame Tonart für seinen Solo-Vortrag und meine Klavierbegleitung zu finden. Nur langsam kämpften wir uns auf einen gemeinsamen Nenner! Dann zeigte Joselli seine diversen Zaubertricks, wobei er beim letzten Versuch, sich aus einer Schlinge zu befreien, die ihm ein Mann aus dem Publikum um den Hals gelegt hatte, ins Straucheln kam. Er zog und zog, geriet dabei aber mehr und mehr in die Gefahr, sich zu erwürgen. Bis mein erlösendes Eingreifen die peinliche Situation beendete.

Mein Saxofonspiel hatte eine untergeordnete Wirkung in Heinis Programmgestaltung, während er dann noch mal mit seinem Xylofon-Solo großen Applaus bekam. Auf diesem Instrument war Heini Böhme wirklich ein Meister seines Fachs.

Heini war schwer kriegsverletzt und hatte durch sein steifes Bein immer große Mühe, diese Behinderung auf der Bühne zu kaschieren. Leider kam bei ihm immer mehr der Alkohol ins Spiel, sodass unsere Zusammenarbeit bald ein Ende nahm. Ausgelöst aber auch durch diese Begebenheit: Ich traf in der Innenstadt von Blankenburg die Leiterin des Kulturamtes (der Name ist mir leider entfallen), die mich ansprach: »Herr Hurdelhey, in was für eine Schmiere sind Sie denn da geraten?« Weil ich gerade in Blankenburg und Umgebung schon einen guten Namen hatte, traf mich diese Wortwahl doch ziemlich hart. Den guten Ruf hatte ich mir erworben, weil ich bald nach dem Weggang von Göpfert öfter mal gute Musiker zusammentrommelte und mit denen verschiedene Programme auf der großen Bühne vom großen Saal im Blankenburger Fürstenhof zur Aufführung brachte. Mit einem gewissen Grad an Kaltschnäuzigkeit stand immer alles unter meiner Leitung, woran auch niemand meiner Mitstreiter zweifelte. Mein erster Kritiker, Herr Reuscher, ein renommierter Bratscher, schrieb nach meinem ersten Konzert: »Hurdelhey ist musikalisch berechnend, er weiß, worauf es beim Publikum ankommt. Ein guter Saxofonist ist er, in seinen Arrangements volltönend und mitreißend, aber es tritt immer eine nach amerikanischem Schema ähnelnde Imitation auf.«

Ich hatte auch noch andere Ideen, und die sollten sich wieder als Erfolg erweisen. Nach dem Vorbild des damals weitbekannten RTO-Orchesters (RIAS-Tanzorchester) stellte ich für große Events im Blankenburger Fürstenhof das BTU (Blankenburger Tanz- und Unterhaltungsorchester) mit ausgesuchten Musikern vor. Eine aufgeputzte Kindertanzgruppe, eine Theatersängerin, ein Kabarettist und manchmal auch ein Zauberkünstler waren in meinen Programmen, deren Ankündigung mit Plakaten in Blankenburg und Umgebung überall zu sehen waren. In dicken Lettern stand geschrieben, dass Rolf Hurdelhey der Ideengeber und Macher des Ganzen war. Die Veranstaltungen mit den Titeln »Eine musikalische Weltreise«, »Musik für dich« und »Bitte einsteigen!« waren für die damalige Zeit eine kleine Sensation und verschafften mir großes Ansehen.

Wenn ich mir dies heute noch vor Augen führe, bin ich immer noch erstaunt, mit welchem Selbstbewusstsein ich, der damals 21-Jährige, die alten Hasen des Orchesters dirigiert habe.

Von einer Band, die in Quedlinburg stationiert war, hatte ich gehört, dass sie spitzenklasse sei. Ein gewisser Kurt Wilhelm war der Chef dieser Band. Der verteilte damals schon das, was man heute Flyer nennt. Außerdem schmückte sich diese Combo (dieser Begriff für kleinere Tanzorchesterbesetzungen kam damals auf) mit dem Titel »Orchester der Sonderklasse«. Nachdem ich die Verbindung mit Kurt Wilhelm aufgenommen hatte, ging alles ganz schnell und ich stieg als 1. Saxofonist bei ihm ein. Jetzt lernte ich auch die Kollegen kennen, mit denen ich bis 1971, also 22 Jahre lang, zusammenarbeiten sollte.

Allzu lange währte die Zusammenarbeit mit Kurt Wilhelm nicht, aber immerhin zog sie sich bis zum Frühjahr 1950 hin. Einen Höhepunkt erlebte ich noch mit dieser Combo. Wir wurden vom damaligen Jazz-Papst der DDR, Joachim Behrendt, nach Berlin zum Kapellenwettstreit eingeladen. Die Veranstaltung fand im alten Friedrichstadtpalast statt und wird mir immer in Erinnerung bleiben. U. a. traten später berühmt gewordene Größen wie Paul Kuhn und Rolf Kühn auf. Juan Lossas leitete ein Riesen-Orchester (Bigband und Streichen) und machte einen tollen Eindruck auf mich. Wir hatten bei dieser illustren Konkurrenz nichts zu bestellen. Immerhin habe ich heute noch schöne Fotos als Erinnerung an meinen ersten Berlinauftritt.

Weil sich Querelen in der Combo von Kurt Wilhelm breitmachten, fand ich schnell die Möglichkeit, mit drei weiteren Kollegen in eine andere Band einzusteigen. Der Macher hieß diesmal Erwin Ligon. Dessen Schwager war der Leiter der Gaststätte Storchmühle in Wernigerode. Hier wurde täglich Musik gemacht. Zwei Stunden am Nachmittag als sogenanntes Kaffeekonzert und abends, in der Zeit 20 bis 24 Uhr, Tanzmusik. Die Musiker mussten also zweispurig sein. Man sollte sich im Kaffeekonzert-Repertoire auskennen und auch in der aktuellen Tanzmusik bewandert sein. Wir, die Jüngeren, die von der Wilhelm-Combo gekommen waren, spielten unsere Überlegenheit im Abendprogramm aus, während uns die älteren Kollegen nachmittags beim Kaffeekonzert »alt« aussehen ließen!

Erwin Ligon, ein versoffener, mittelmäßiger Pianist, machte uns das Leben noch damit schwer, indem er täglich andere Piecen (Musikstücke) aufs Pult legte und sich auch noch diebisch freute, wenn etwas schieflief!

Das Ganze zog sich bis Ende des Sommers 1950 hin und sollte für die folgende Wintersaison ohnehin nicht mehr vom Veranstalter prolongiert werden.

Von Engagement zu Engagement

Um mit dem Schreiben für dieses Kapitel beginnen zu können, suchte ich mir meine gesamten Arbeitsbücher und Sozialversicherungsunterlagen zusammen und verschaffte mir damit erst mal einen Überblick über meine berufliche Tätigkeit in den Jahren von 1950 bis 1971.

56 Eintragungen gibt es da in meinen sogenannten SV-Ausweisen, für jedes Engagement eine. Weil aber manche Verträge über den Jahreswechsel hinausliefen, waren es eigentlich 45 Engagements. Wir schlugen unsere Zelte aber nicht etwa in 45 verschiedenen Orten auf. Vielmehr war ich, als jetzt selbstständig fungierender Kapellenleiter, immer bestrebt, bei Ablauf eines Engagements, manchmal auch schon eher, ein sogenanntes Re-Engagement abzuschließen.

Unter anderem wurden wir mehrfach in Quelinburg für das *Café am Mathildenbrunnen*, in Halberstadt hieß die Gaststätte *Haus des Friedens* bzw. im Blankenburger *Fürstenhof* engagiert. Den absoluten Spitzenreiter in meiner Engagementliste stellt die Verpflichtung unserer Gruppe *Kapelle Rolf Hurdelhey* in Ahrenshoop an der Ostsee dar.

Fangen wir also mit der Gründung meiner eigenen Band an (das war später der modernere Ausdruck für Kapelle).

Es war der 1. Oktober 1950. Die Anstellung in der *Storchmühle* Wernigerode war ausgelaufen, und ich schnappte mir aus dem aufgelösten Ligon-Orchester drei passende Musiker für mein geplantes Vorhaben. Das waren Dieter Gast, Horst Graubaum und Gerd Kelle. Dieter Gast, ein gelernter Geiger mit den Nebeninstrumenten Tenor-Saxofon und Klarinette, war ein sogenannter »Stadtpfeifer«. Er war Sohn eines Landarbeiters, der ihn mit 14 Jahren in die Lehre schickte, um ihn in der »Stadtpfeife«, die in seinem Nachbarort lag, innerhalb von drei Jahren ausbilden zu lassen. Die Stadtpfeife war eine private Musikschule. Die Ausbildung dort war grundsätzlich für ein später berufliches Leben gedacht. Die Schüler lebten hier in Vollpension, die selbstverständlich auch bezahlt werden musste. Die Schule gehörte einem Menschen, der meistens Kapellmeister war und das Geschäft recht kommerziell betrieb. Die Geschäftsidee bestand u. a. darin, dass die Schüler der unteren Jahrgänge jeweils von Schülern älterer Jahrgänge angeleitet wurden, während er, der Chef, den ganzen Betrieb managte. In der Stadtpfeife ausgebildete Musiker erhielten im Prinzip ein ordentliches musikalisches Wissen und waren durch ihre schon frühzeitigen Einsätze bei Festen aller Art vielseitig routiniert. Bei besonderen Anlässen schwang er, der Kopf der Lehranstalt, persönlich den Dirigentenstab. Mit Dieter Gast hatte ich also einen flexiblen, lernbereiten und routinierten Musiker in meinen Reihen.

Mein langjähriger Kollege Hermann Klaus, mit dem ich im Sommer 1945 meine berufliche Laufbahn begonnen hatte, war auch ein waschechter Stadtpfeifer mit allen musikalischen Fähigkeiten wie Dieter Gast. Bei Hermann fällt mir eine hübsche Episode ein: Sein alter Vater kam aus Veckenstedt bei Wernigerode, um seinen musizierenden Sohn im Stadtpark von Blankenburg zu besuchen. In der Konzertpause ging Herrmann ins Publikum zu seinem Vater, und der sprach ihn im typischen Harzer Platt an: »Na, heste ok noch en bissken wat tau verdien mit diene Klimperie?« Hermann hat mir das damals gleich erzählt, denn es folgten noch einige solcher fachlichen, aus Landarbeitersicht geäußerten Aussprüche. Hermann war Schlagzeuger und gelernter Cellist und hatte als Militärmusiker, wie er sich immer selbst bezeichnete, beim Wachregiment *Groß Deutschland* in Döberitz bei Berlin bis zum Ende des Krieges 1945 gedient.

Horst Graubaum, ebenfalls ein langjähriger Kollege, hatte einen anderen musikalischen Hintergrund. Dem habe ich gleich mal, nach Altberliner Sitte, den Spitznamen Hotte verpasst. Er war bei Weitem der begabteste Musiker in unserer Spielervereinigung (mich natürlich ausgenommen!). Hotte hatte seine Ausbildung in der Luftwaffen-Musikschule in Sondershausen absolviert. Sein Hauptinstrument war die Trompete. Auch er beherrschte, wie die beiden anderen Kollegen, noch ein zweites Musikinstrument, in diesem Fall ein Streichinstrument. Deshalb war er auch ein ganz brauchbarer Geiger. Im Lauf der langen Jahre unserer Zusammenarbeit entwickelte Hotte ein schier unglaubliches Talent, schnell mal ein anderes Instrument dazuzulernen. Wie auch in dem folgenden Fall: Wir mussten ganz schnell einen Bass in der Gruppe haben. Hotte schulte blitzschnell um und kam mit einem ausgewachsenen Kontrabass aufs Podium. Als wir bemerkten, dass dieses Monstrum vielleicht doch etwas zu groß und umständlich zu bewegen ist, stieg Hotte blitzschnell auf eine elektrisch verstärkte Bassgitarre um. Später kam dann sogar noch ein Helikon dazu. Das Helikon ist ein Blechblasinstrument in der tief spielenden Kategorie, also Basslage. Es wird um den Bauch geschlungen und wirkt daher schon komisch, fast lustig! Ich denke dabei gleich wieder an meine Musicalclown-Träume!

Jedenfalls habe ich das Helikon bei einem unserer Gastspiele in Bernburg im Hinterraum der Bühne verstaubt und verdreckt, fast schwarz angelaufen gefunden. Auf meine Frage, wem es denn gehört, erhielt ich die Antwort: »Niemand! Nimm doch mit, wenn du willst.« Also nahm ich es mit, um es überholen zu lassen und die Anzahl unseres Instrumentariums noch ein bisschen zu vergrößern. Nach meinem damaligen Wissen gab es in Markneukirchen Instrumentenmacher, die das Talent besaßen, aus solchen verrotteten Klangkörpern für billige Preise neuwertige Instrumente herzustellen. Ich fand einen. Der machte das prima.

Hotte verkaufte sich mit dem Helikon mitunter imponierend als Showman.

Der Nächste im Bunde, der bei der Bandgründung mitmachen sollte, war Gerd Kelle. Der war als Musiker Quereinsteiger, hatte sich aber schon im Orchester der Sonderklasse bei Kurt Wilhelm seine Meriten verdient und war daher bei uns als Schlagzeuger mit ein paar Gitarrenkenntnissen auch zu gebrauchen. Die Zusammenarbeit hielt nicht lange. Schon bald nach unserer Kapellengründung machte er meinem Freund und Kollegen Hermann Klaus Platz.

Was die Vielseitigkeit unserer Instrumente und der damit verbundenen möglichen und interessanten Besetzungen anbetraf, konnte ich selbst noch einiges dazu beisteuern, indem ich erst mal emsig meine Vorkenntnisse auf der Geige auffrischte. Dann schaffte ich mir noch ein Vibrafon an und konnte durch mein geringes Klavierspielkönnen auf diesem Instrument, welches die gleiche Tastatur hat, ohne besondere Anstrengungen sehr effektvoll den großen Showstar spielen.

Die Besetzung für das Engagementangebot bei der Firma *HO Gaststätten Wernigerode* (HO stand für staatliche Handelsorganisation) war fast komplett, aber ein Klavierspieler musste noch gefunden werden.

Meinen Kollegen aus Halberstadt fiel ein, dass da noch ein gewisser Karl Heinemann existieren könnte. Der sei zwar nicht mehr der Jüngste, so Mitte fünfzig (wir anderen waren alle so um die Mitte zwanzig). Aber ihm ging auch der Ruf voraus, dass er ein passionierter Säufer sei. Trotz- und alledem – in der Not frisst der Teufel Fliegen! Karl wurde unser Pianist, und los gings am 1. Oktober 1950 mit der Kapelle Rolf Hurdelhey im Café *Vier Jahreszeiten* (früher berühmt als *Café Ahrens* auf der Flaniermeile in Wernigerode).

Es dauerte nicht lange, bis wir uns in die Herzen der Wernigeröder gespielt hatten. Das lag wohl auch an der Auswahl unseres Repertoires oder an der fröhlichen Art unseres Musizierens. Nicht zu vergessen die Anziehungskraft von uns Musikern, die in dieser Zeit noch ein ganz anderes Ansehen in der Gesellschaft genossen. Es gab noch kein Fernsehen, das ganze kulturelle Leben in Deutschland kam erst in Fluss. Und Livemusik im Restaurant war noch was Besonderes. Wir nutzten unseren Status, bauten unsere Beziehungen aus und genossen unseren Ruhm.

Abbildung 18: In Streicherbesetzung

Die Verehrung gipfelte darin, als wir einen Lorbeerkranz, wie bei Spitzensportlern üblich, überreicht bekamen. Auf der Bandschleife stand in goldenen Lettern: »Für den besten Petite-Fleur-Spieler der Welt!«

In Wernigerode gab es in dieser Zeit schon etliche Geschäftsleute, die sich gern in der Öffentlichkeit zeigten. Wenn der Kohlenhändler Kalle Sowieso die zum Saal führende Treppe hochkam und wir sein Lieblingslied anstimmten, wurde gleich mal eine Lage geschmissen. Das war der übliche Ausdruck für eine Runde Bier oder Schnaps. Sehr oft wurde über den Feierabend (24 Uhr) hinweg gespielt und getanzt. Alles wurde in dieser Zeit nicht ganz so genau genommen. Auch der Erwerb unserer Fahrerlaubnisse, die wir einer nach dem andern für unsere fahrbaren Untersätze benötigten. Die »Weißen Mäuse«, das waren für mich immer noch die Schutzmänner mit den weißen Mützen, zählten bald zu unseren erlesenen Freunden. Durch diese Beziehungen bekam auch ich nach abgelegter Prüfung meinen ersten Motorrad-Führerschein. Mir fehlte nur noch das passende motorisierte Zweirad. Mit mühsam zusammengespartem Geld kaufte ich ein Motorrad Marke *NSU Pony*, das zwar noch in Einzelteile zerlegt da lag, aber frisch lackiert war. Als alles zusammengebaut war und der Motor mit Kickstarter ansprang, glaubte ich, mit meinem Gefährt die Welt umrunden zu können. Kam aber nicht weit! Beim ersten steilen Harzberg, der berühmten Steige von Blankenburg-Cattenstett in Richtung Hasselfelde, streikte der Motor und ließ mich wissen, dass seine Kolbenkompression nicht ausreichte, um weiterhin Dienste für mich zu verrichten.

Ich borgte mir Geld, und bald hatte ich ein Motorrad gehobener Klasse. Diesmal war es eine 350er DKW mit Fußschaltung, die für die Bewältigung der steilen Berge viel besser geeignet war. Meine Kollegen wählten Motorräder anderer Hersteller. Dieter Gast z. B. eine schwere BMW-Maschine, die ich mir einmal für eine Fahrt nach Berlin ausleihen durfte. Weil sie über 100 km/h schnell fuhr, und man ja ohne Sturzhelm unterwegs war, dachte ich streckenweise, mir würde der Kopf abgerissen. Nach unseren Abenddiensten, meistens nach 24 Uhr, schwangen wir uns noch oft auf unsere Motorräder, um bei Herrn De la Chou im Forsthaus Bolmke vorzusprechen. De la Chou bewohnte auf der Strecke in Richtung Oberharz ein altes Wegehaus und betrieb darin eine kleine Gaststätte.

Abbildung 19: Forsthaus Bolmke

Hier wurde manche Nacht durchgefeiert und dann der strahlende Sonnenaufgang bewundert. Wenn wir dort mitten in der Nacht ankamen, musste Herr De la Chou geweckt werden. Er öffnete dann ein Fenster und rief im schönsten Ostpreußisch: »Hurdelhey, bist du's?« Dann fragte er nach der Parole und wir antworteten: »Heimat!« Erst nach diesem Ritual gewährte er uns Einlass. Nach unseren Besuchen im Forsthaus Bolmke bei De la Chou haben wir öfter mal Motorradrennen bergab veranstaltet. Junge, Junge, war das leichtsinnig.

Unsere euphorische Hochstimmung wurde schlagartig getrübt. In einem Artikel der Wernigeröder Volkszeitung hielt man uns vor, dass nach den Klängen preußischer Militärmusik die Thälmann-Büste im Lokal gezittert hätte. Ich wurde sofort zur Geschäftsleitung der HO-Kreisleitung zitiert und bekam das, was man heute unter Abmahnung versteht. Als dann ein weiterer Artikel mit der Überschrift *Aktivisten nicht gefragt* in diesem Blatt erschien, war für die Herren der Geschäftsleitung das Maß wohl voll, und wir wurden fristlos aus dem Engagement entlassen.

Abbildung 20: Aktivisten nicht gefragt

Später erfuhr ich dann, dass hinter unserem Rausschmiss die ortsansässige Musiker-Gewerkschaftsleitung saß. Führende Leute dieser Clique waren selbst daran interessiert, dieses Engagement im HO-Café *Vier Jahreszeiten* zu bekommen.

Es folgten saure Wochen mit Tagesgastspielen, bis ich glücklicherweise ein Angebot für ein neues Engagement im Hotel *Zu den Roten*

Forellen in Ilsenburg erhielt. Damals war dieses Hotel noch richtig in privater Hand, ehe es später von dem staatlichen HO-Kreisbetrieb übernommen wurde, und es wurde von einem älteren Ehepaar namens Höpner als Pächter betrieben. Sie führten dieses Hotel mit Festsaal und Gastronomie in einem für mich imponierenden Stil. Das Ehepaar sprach sich vor den Gästen mit »Sie« an und duldete keine Kumpanei im Personal, wie es später in der Kommunistenwirtschaft üblich war. Ich erinnere mich, dass während unseres Engagements ein Sonderzug mit Gästen aus Westberlin erwartet wurde. Wir mussten als Kapelle dem Gästezug nach Halberstadt entgegenfahren, um dort zuzusteigen und bis Ilsenburg mit unserer Musik für fröhliche Stimmung zu sorgen. Am Bahnhof in Ilsenburg angekommen, hatten wir dann die Aufgabe, die Gäste mit Musik bis zum Hotel zu begleiten. Was für ein Service!

Ein junger Mann, der sich zu dieser Zeit in den *Roten Forellen* zur gastronomischen Ausbildung befand, bekam das Angebot, das Gästehaus der neu gebildeten DDR-Regierung in Oberhof in Thüringen zu übernehmen. Der machte uns wiederum das Angebot, in der nun folgenden Wintersaison 1951 nach Oberhof zu kommen, um in diesem Haus Musik zu machen. Dort angekommen, boten sich ganz neue, für uns wunderliche Verhältnisse. Zunächst wurden uns die Personalausweise abgenommen. Dann hieß es, dass vorerst keine Gäste im Haus zu erwarten seien und sich ansonsten alles um die ersten bevorstehenden DDR-Wintersport-Meisterschaften drehen würde. Wir hatten bis dahin viel Freizeit und übten uns erst einmal im Skifahren. Als die Meisterschaften näherkamen, wurde die Besatzung des Hotels unruhig. Man veranstaltete Probe-Essen, um es den hohen Gästen besonders schmackhaft zu machen. Dann kamen sie, die Partei- und Regierungsgrößen. Pieck und Ulbricht sind mir in Erinnerung. Dem Spitzbart, wie man Ulbricht im Volksmund nannte, hätte ich beinah auf die Füße getreten: Wir spielten unbekümmert Tischtennis – ich wollte den kleinen Ball von der Erde aufheben, und plötzlich stand Walter hautnah vor mir – unheimlich! Ein Teufel in Menschengestalt, wie es mir damals vorkam.

Den Silvesterabend haben wir dann auch noch mit der DDR-Elite zusammen verbracht. Es gab anscheinend, was unsere musikalische Darbietung anbetraf, keine Beanstandung.

Während der Meisterschaften fand auch ein gesamtdeutsches Journalistentreffen statt, welches wir musikalisch zu umrahmen hatten. Die westdeutschen Journalisten stellten den DDR-Schreibern unbequeme Fragen, die unglaublich dummfrech beantwortet wurden. Z. B.: »Warum heißen die Vereine bei ihnen *Lokomotive, Energie, Turbine* ...« Die Antwort: »Weil unsere Sportler und Werktätigen das so wollen!« Als die Meisterschaften vorbei waren, war auch unser Gastspiel in Oberhof schnell am Ende.

Im nahe gelegenen Ort Ilmenau erhielten wir ein Angebot, im *Café Götz*, wo die Gastronomie von der sogenannten WISMUT betrieben wurde, zu spielen. Was WISMUT genau bedeutet, weiß ich zwar nicht, kann aber zweifelnd erklären, dass die Russen in diese Gesellschaft involviert waren und es sich dabei um Buddeln nach Uran im Thüringer Raum handelte. Jeder, der für die WISMUT arbeitete, genoss Vorteile, die etwas mit Geld und Vergabe von besonderen Lebensmittelrationen zu tun hatten. Wir nahmen das Angebot, in Ilmenau zu wirken, an, und es folgten einige Monate mit großem Erfolg für uns in dieser hübschen thüringischen Kleinstadt.

Sechs Tage in der Woche mussten wir im *Café Götz* spielen. Für den einen freien Tag nahmen wir eine mehrstündige Bahnreise über Erfurt und Halle zu unseren Wohnorten Blankenburg und Halberstadt in Kauf.

In Ilmenau hatte ich mit Hermann ein Zimmer in der Sturmheide – so hieß die Straße. Die Wirtsleute waren ganz nett, aber die Tochter hatte einen politischen Tick. Sie lief den ganzen Tag in blauer FDJ-Kleidung rum und quatschte ständig dummes politisches Zeug. Ich glaube, sechs Monate haben wir in Ilmenau zugebracht. Dort schaffte ich uns die allererste Mikrofonanlage an. Ein Radiohändler hatte sie mir zusammengebaut; das Glanzstück war ein Telefunken-Mikrofon aus der Vorkriegszeit. Mit dieser Anschaffung wurde ich erstmalig zum Singen verleitet, ohne zu wissen, was sich daraus in den nächsten Jahren entwickeln würde.

Im Kurhotel, vor der Kommunistenzeit hieß es noch in Blankenburg *Fürstenhof*, hatte seit 1951 ein gewisser Herr Fritz Schulze als HO-Gaststättenleiter das Sagen. Der hatte den Spleen, aus diesem Haus ein Autoparkhotel zu machen. Alles sollte aufs Eleganteste hergerichtet sein. Acht Kellner wedelten im Frack durchs Lokal. Nun brauchte er nur noch eine dementsprechend attraktive Kapelle. Seine Wahl fiel auf mich – oder uns. Es folgte wieder eine sehr belebte und äußerst erfolgreiche Zeit. Fast jeder Abend glich einer ausgelassenen Silvesterfeier. Nie war pünktlich Feierabend.

»Plinkerschulze«, wie wir ihn wegen seiner Augenplinkerei nannten, heizte uns unermüdlich ein: »Hurdelhey, los, mach noch 'nen Englischen!« Und dann eine nicht zu kurze Pause mit der Musik, damit sich der Gast auf sein Getränk konzentrieren konnte. Schulze war ein ausgebuffter Gastronom. Nur einmal noch habe ich später einen Fachmann dieser Art kennengelernt.

Willy Lang aus Sellin an der Ostsee war eines Tages Gast im Blankenburger Kurhotel. Ein kleiner, energisch aussehender Mann mit Schnurrbart und Glatze. Er bot uns an, eine Sommersaison lang in seiner Bar in Sellin zu spielen. Natürlich stimmten wir zu und dampften im Juni 1952 mit der Eisenbahn nach Greifswald, um dann mit einem richtigen Dampfer durch den Greifswalder Bodden nach Sellin weiterzureisen. Unser inzwischen umfangreiches Kapellengepäck machte diese Reise ziemlich aufwendig!

Das *Café Lang*, die eigentliche Bezeichnung unseres Spielortes, hatte eine wunderschöne Lage direkt am hohen Ufer von Sellin. Es muss mal ein nobles Haus gewesen sein, allerdings nicht mehr zu dem Zeitpunkt, als wir unser Engagement in dem attraktiven Badeort antraten. Im größeren Teil des Hauses, der See zugewandt, befand sich kein Mobiliar mehr. Zwischenzeitlich sollen die Russen diesen Teil als Pferdestall benutzt haben.

In der unteren Etage des Hauses, der Landseite zugewandt, war eine kleine Bar mit ca. 50 bis 60 Plätzen. Hier sollte unsere Wirkungsstätte sein. Wir, mit fünf Musikern, wahrscheinlich doch etwas überproportioniert!

Willy Langs Wunsch, eine erfolgreiche Sommersaison zu erleben, wollte sich nicht erfüllen. In dieser kleinen verlassenen Hütte, abseits vom pulsierenden Leben des Ortes, stellten sich einfach zu wenige Gäste ein.

Wir hatten aber trotzdem im Sommer 1952 eine schöne Zeit mit reichlichem Strandleben, Tennisspielen (mit Willy Langs schöner Tochter) und anderen Vergnügungen. Und einem ganz besonders bleibenden Erlebnis: Meine Quartierwirtin hatte einen mystisch erscheinenden Sohn, der uns zu einer spiritistischen Sitzung einlud. Ich weiß heute noch nicht, ob das Erlebte Wirklichkeit oder nur ein böser Traum war. Jedenfalls hat in einem verdunkelten Zimmer der Teller auf dem Tisch getanzt. Dafür mussten wir alle die Hände mit gespreizten Fingern auf den Tisch legen, sodass sich die Fingerspitzen des Nachbarn dabei berührten, und der mit Buchstaben beschriebene Teller sollte seine Tätigkeit zum Wörteranzeigen aufnehmen. Nun fragte der Gesprächsleiter (Sohn meiner Wirtin): »Wo sind wir?« Der Teller bewegte sich und zeigte Buchstabe für Buchstabe an einem markierten Punkt die ersten Wörter an: »In Portugal.« Und dann kam der Knüller des Abends. Die nächste Frage des Gastgebers: »Wer spricht zu uns?« Und wieder nahm der Teller seine Tätigkeit auf. Diesmal die überraschende Antwort: »Adolf Hitler!« Nun hats gereicht! Wir brachen ab und gingen fröhlich, aber beeindruckt von dieser Zeremonie nach Hause!

Am nächsten Morgen, als ich mir mein Frühstück zurechtlegen wollte, stellte ich fest, dass ich vergessen hatte, die streng rationierte Zwiebelmettwurst aus dem Fenster zu nehmen. Hier spielte sich inzwischen auch eine Bewegung anderer Art ab. Dicke Maden bevölkerten meine limitierte Lieblingswurst, die jetzt leider ungenießbar war.

Die Gemeinde des kleinen Kurortes Sellin hatte für die Saison 1952 das Show-Orchester Helmut Opel engagiert. Dieser Vertrag endete am 1. September des Jahres, und der Bürgermeister von Sellin sprach uns persönlich an, ob wir die noch ausstehenden Konzerte bis zum Ende der Saison übernehmen könnten.

Fortan konzertierten wir zu fünft in der Konzertmuschel der Seebrücke von Sellin, was eigentlich eine Nummer zu groß für uns war. Es gab dafür trotz alledem ein beeindruckendes Dankschreiben und auch noch die angemessene Gage.

Unser nächstes Engagement war in Quedlinburg. Über die Tätigkeit in der Brühl-Gaststätte, die ohnehin nur einen Monat als Übergangslösung andauern sollte, gibt es nichts Wesentliches zu berichten. Wohl aber über unsere Unterbringung, die uns von der dortigen HO-

Gaststättenleitung zur Verfügung gestellt wurde. Es war das ehemalige Freudenhaus, oder wie es im Volksmund heißt: der Puff von Quedlinburg! Man versicherte uns, dass dort nach Auflösung dieses Betriebes (wie es in der gerade gegründeten DDR überall der Fall war) alles aufs Feinste renoviert worden sei und keine Spuren vom Gewesenen mehr zu sehen wären. Ich habe einen Monat lang in diesem Gemäuer ganz gut geschlafen, bis eines morgens Madame Voigt an meinem Bett saß und interessant zu erzählen anfing. Es müssten nach ihrer Auffassung goldene Zeiten gewesen sein, als nach dem Krieg das Gewerbe Fahrt aufnahm und lose Damen mit spendablen Freiern bei ihr ein- und ausgingen. Ich nahms mit Humor, denn ich hatte meinen Erfahrungsschatz um ein weiteres Wissen erweitert!

In der folgenden Zeit, von 1952 bis zum Frühjahr 1955, schlossen wir mehrere Engagementverträge mit der HO-Gaststättenleitung in Wernigerode ab. Durch die inzwischen erfolgte Kreisreform gehörte zu dieser Leitung jetzt auch das *Kurhotel* (früher *Fürstenhof*) in Blankenburg, die *Roten Forellen* in Ilsenburg, genauso wie das Café *Vier Jahreszeiten* in Wernigerode.

Als wir im Winter 1952 unser Engagement in Blankenburg hatten und ich als Einziger unserer Truppe zu Hause war, verbrachten wir manche Nacht im Anschluss an unsere Arbeit auf dem Hof unseres Hauses in der Klosterstraße. Über das Kellerfenster, durch das ich mit kleinem Aufwand durchkriechen konnte, kam ich mühelos an die flüssigen Schätze. Diese Feten fanden bald ein Ende, nachdem mein neuer Pianist Willy Krieger mit den leeren Bierflaschen Handgranatenwerfen in die benachbarten Gärten geübt hatte.

Gerd Kelle war mit seiner Gitarre auf dem schlidderigen Boden des Springbrunnens im Thiepark ausgerutscht und zerschmetterte das Instrument in diverse Einzelteile. Vorher hatte er bei der Getränkeausgabe auf dem Hof immer getönt: »Prost, schmeckt billig!« Und nun das! Die Schadenfreude hing ihm lange nach!

Willy Krieger, der jetzt bei uns als Pianist mitspielte, erlöste uns von vielen Querelen, die wir mit Karl Heinemanns Trinkergewohnheiten hatten. Er war Spätheimkehrer aus russischer Gefangenschaft, dabei aber relativ gut im Fleisch! Wenn er nach kräftigem Trinkgelage zur Form auflief, brach er gern hölzerne Zaunlatten ab und begann die dahinter blühenden Blumen aufzuessen! Ob er das in Russland gelernt hatte?

Willys Vater war Posaunist am Halberstädter Theater. Der junge Willy musste immer dabei sein. Wie er uns erzählte, war das im Orchestergraben des Theaters, wo er schon als junger Bengel das ganze Theaterrepertoire bis zur gewaltigen Oper kennenlernte. Außer dieser Kenntnis war er durch jahrelangen Unterricht und streng überwachtem Üben ein sehr guter Pianist geworden. Somit war Willy – nicht nur durch seine Eskapaden – eine echte Bereicherung für unsere Gruppe.

Anfang November 1952 verließen meine Eltern Blankenburg, um wieder nach Berlin zu ziehen. Meine Mutter hatte immer darauf gedrungen, sodass mein Vater, der seit 1945 das Bier- und Mineralwasser-Geschäft mit Opa Heinrich zusammen lanciert hatte, nachgab, weil ihm in Berlin seine alte Stellung in der Bank wieder angeboten wurde. Bevor der offiziell genehmigte Umzug vonstattenging, war mir das Haus in der Klosterstraße überschrieben worden. Und nun stand ich mit einem Mal als Hausbesitzer und Geschäftsverpächter (an Walter Köchig, unseren bisherigen Angestellten) mit diversen Verantwortungen da.

Auf keinen Fall möchte ich vergessen zu erwähnen, dass bereits 1949 meine liebe Oma Emma (die Schmalzstullenfabrikantin) und

1951 Opa Heinrich gestorben waren. Mit Oma habe ich zum ersten Mal in meinem Leben eine Leiche gesehen. Ich kam im Sommer vom Baden nach Hause und es hieß: Oma ist gestorben. Sie lag im Schlafzimmer. Ich ging hinein, hob ganz vorsichtig das weiße Laken und sah einen anderen Menschen, mehr eine gelblich bleiche Puppe. Meine Eltern erzählten mir, dass Oma aus der Küche von ihrer dortigen Arbeit gekommen wäre, sich ins Bett gelegt und klammheimlich von dieser Welt geschlichen habe. So ging das damals – ohne viel Kinkerlitzchen, Herzschrittmacher, Operationen oder ähnliche lebensverlängernde Maßnahmen.

Mit meinem lieben Opa verlief die Verabschiedung vom Leben auf eine andere Art: Der hatte bis mittags in der Spülhalle hinter dem Wohnhaus gearbeitet, kam rein, fühlte sich nicht gut, ging ins zweite Schlafzimmer und blieb dort drei Tage lang röchelnd oder langsam sterbend liegen. Der behandelnde Hausarzt Doktor Klöppel hatte festgestellt, dass der Zeitpunkt für das Lebensende gekommen sei.

Ich konnte nicht kapieren, dass meiner Eltern diesen Vorgang mit entsprechender Einsicht akzeptierten. Ich weiß noch, dass ich am gleichen Abend, zwar sehr bedrückt, doch pflichtbewusst, zum Schützenhof gewandert bin und dort mein musikalisches Programm geblasen habe.

Mit meinem Großvater Heinrich habe ich, als er vereinsamter Witwer war, viele rührende Gespräche geführt. Er konnte aus seiner Hausdienerzeit im Blankenburger *Weißen Adler* viele schöne, kleine Geschichten erzählen. Sein größtes Erlebnis war, als er Hindenburg mit der Pferdekutsche vom Bahnhof abholen durfte. Großen Eindruck hat auf mich auch gemacht, dass er bei seinem vielseitigen Hausmeisterdienst nur einen dienstfreien Tag im Monat hatte. Dann wanderte er, weil es keine Fahrmöglichkeiten gab, zu Fuß nach Silstedt bei Wernigerode. Für eine Tour musste er immerhin satte 15 Kilometer hinlegen. In guter Erinnerung sind mir auch Opas Skatnachmittagstage geblieben und wenn seine drei Skatbrüder kamen. Das waren Herr Fischer (pensionierter Bahnbeamter), Herr Linde (ehemaliger Berufssoldat unteren Ranges) und Herr Le Cour (ein benachbarter Tischlermeister). Ich erinnere mich, dass Oma, die für viele Begriffe ihre eigene Ausdrucksweise hatte und immer »Herr Leekur« zu ihm sagte. Apropos Ausdrucksweise. Wir Jungs amüsierten uns schon, wenn Oma von der Olymfia-Rolle sprach und damit eine zeitgemäße Damenfrisur meinte. Am Fahrrad befand sich bei ihr immer noch das Pendal, aber dennoch konnte sie richtig schöne Briefe in Sütterlinschrift schreiben. Nicht vergessen möchte ich noch zu Opas Skatrunde zu bemerken, dass ich in dieser Altherrengesellschaft oft, wie man in der Skatspielersprache sagt, »gekiebitzt« habe. Dabei habe ich mit acht oder neun Jahren schon richtig Skatspielen gelernt.

Mitte der Fünfziger machte ich die Bekanntschaft mit Günter Klein, meinem späteren Freund und Förderer. Er kam mit einem äußerst großen Auto, Typ Wolga, inklusive Frau Erika und Sohn Roland aus Leipzig angefahren und wurde von der Kurverwaltung zwecks Zimmermietung in die Klosterstraße Nr. 18 zu meiner Schwiegermutter verwiesen. Die Mutter meiner Frau Gisela wohnte in der oberen Wohnung meines Hauses und wollte auf diese Weise ihre kleine Rente ein bisschen aufstocken.

Günter, ein kleiner, rundlicher, sehr vitaler Mann, brachte einen ausgetüftelten Plan mit: Er wollte, weil ein Arzt in Leipzig seinem Sohn, der leicht asthmatisch erkrankt war, heilende Höhenluft verordnet hatte, im Eilverfahren praktische Abhilfe schaffen. Noch am selben Tag seiner Anreise starteten wir unter meiner Anleitung Richtung Brocken.

Bis Dreiannenhohne ging alles glatt. Dann wählte er ohne zu zögern den direkten Weg zum Brocken. Wir fuhren über einen Weg, den man *Steinerne Renne* nennt. Der Name sagt alles. Mit seinem Wolga, der ja für Steppenlandschaften besonders hoch gebaut war, meinte er, alle sich im Wege befindenden Hürden überwinden zu können. Nicht ganz! Als die Felsen immer größer wurden und die Landschaft der Kulisse von Karl Mays Schilderung *Durchs wilde Kurdistan* glich, passte er, und wir drehten sicherheitshalber um. Jedenfalls hatte der Sohn genügend Höhenluft geschnuppert, wie Günter meinte. Die Höhenluftkur war damit beendet.

Was ich als Glücksfall empfand, war die Tatsache, dass Günter Klein als Pianist im Leipziger Rundfunkorchester *Donnerhak* arbeitete, sich außerdem mir gegenüber als Komponist und Arrangeur outete und er durch gegenseitige musikalische Interessen für mich recht bald ein guter Freund wurde. Ich ahnte zu diesem Zeitpunkt nicht, was sich aus dieser Freundschaft noch entwickeln würde.

Jetzt aber wieder zum chronologischen Ablauf meines vorgegebenen Themas »Von Engagement zu Engagement«.

Am Neujahrsmorgen 1955, nach einer rauschenden Silvesterfeier, spielten wir schon wieder im Blankenburger *Fürstenhof* Frühschoppenkonzert. Zum gegebenen Zeitpunkt war Pause angesagt, und ich musste auch mal wohin. Plötzlich stand ein älterer Herr neben mir, der sich sogleich als Kurdirektor des Ostseebades Ahrenshoop vorstellte. Er fragte mich während unserer Verrichtung, ob ich Lust hätte, in der kommenden Sommersaison in Ahrenshoop Musik zu machen. Mensch! Was für ein Angebot! Wir zögerten nicht lange und brachen am 15. Mai 1955 dorthin auf.

Unser gesamtes Equipment wurde mit der Eisenbahn bis Ribnitz-Damgarten transportiert. Meine Kollegen erledigten das, und ich kam mit meinem gerade erst erworbenen DKW (Baujahr 1938 mit Holzkarosserie) hinterher. Am Bahnhof von Ribnitz-Damgarten nahm uns ein sehr hilfsbereiter Taxifahrer, der gleich einen großen Anhänger besorgte, in Empfang. Man bedenke, dass wir durch mein, in einer riesengroßen Holzkiste verpacktes, Vibrafon und viele andere Instrumentenkoffer damals schon ein recht umfangreiches Gepäck hatten. Der Transport zu unserem nächsten Spielort war also abgesichert. Die Ankunft in Ahrenshoop gestaltete sich dann wieder als ein bleibendes Erlebnis. Es schneite!

Richard Salge – er war früher mal Landrat in Blankenburg und nun der abgeschobene Kurdirektor des Badeortes Ahrenshoop – empfing uns im Lodenmantel mit hochgekrempeltem Kragen und erklärte, dass erst 12 Gäste im Ort seien. Wir sollten uns zunächst einmal von der anstrengenden vergangenen Wintersaison ausruhen. Taten wir auch.

Ahrenshoop war damals schon von den herrschenden Kommunisten als Seebad für privilegierte Intelligenzler und Künstler ausgesucht worden. Sicherlich wegen seiner seit Langem bestehenden Tradition.

Am ersten Tanzabend, den Herr Salge für die einheimische Bevölkerung vorgesehen hatte, spielten wir im Saal des Ostsee-Hotels, das noch privat von einem gewissen Herrn Voß bewirtschaftet wurde. Ein freundlicher, älterer Herr, der mit seiner Familie im Publikum saß, schickte eine Lage Bier für uns Musiker auf die Bühne. Nachdem wir ihm, wie es üblich war, freundlich zugeprostet hatten, ging ich an seinen Tisch, um mich bei ihm noch persönlich zu bedanken. Dabei kam ich auch mit seiner Frau und seiner Tochter ins Gespräch. Die Tochter interessierte sich sehr für Details, was unser Musikmachen anbetraf. Der Abend verlief lustig-erfolgreich, weil auch besonders viel geklatscht wurde. Ein Klatscher fiel mir ganz besonders auf, denn er rief immer

»Extra! Extra! Extra!« Dieses Publikum hatte schon seine extravagante Qualität!

Am nächsten Tag traf ich am Strand bei sonnigem Wetter die junge Dame vom Tisch des Lagen-Spendierers. Wir wollten uns verabreden. Sie meinte aber, dass das ihre Eltern, die sich in der nahe gelegenen Strandburg aufhielten, nicht unbedingt mitkriegen müssten.

Ein neuer Schlachtplan musste her: Sie schwamm von links und ich hundert Meter weiter von rechts hinaus auf die zweite Sandbank. Dort könnten wir uns dann näherkommen. Diese junge Frau, Evamarie Engel, wurde später, 1957, meine Ehefrau.

Ahrenshoop zeigte sich 1955 noch im alten Gewand. Das heißt, die durch das Dorf führende Straße war von großen, Schatten spendenden Weiden umsäumt und bestand aus einem holprigen Sandweg. Die Gästehäuser hatten Vorkriegsstandart, und für die kleinen, rohrgedeckten Wohnhäuser gab es noch keine Abwasserregelung.

Herr Salge meinte Gutes zu tun, indem er uns überall Musik machen ließ, wo ein paar Kurgäste aufzufinden waren. Nach dem Motto »Raum ist in der kleinsten Hütte« traten wir dann auch mal bei Hertha Kinow im *Seeblick*, ganz vorn am steilen Ufer gelegen, auf. Hier lernten wir das Paar Hertha Kinow und Peter Balzer näher kennen. Sie bewirtschafteten das Restaurant *Seeblick* mit einer Effektivität sonders gleichen. Wie sie es machten, bei einer Kapazität von 50 Plätzen mittags 400 Gäste zu beköstigen, ist mir heute noch ein Rätsel. Peter Balzer führte strenges Regime in seinem Organisationsbereich. In der Zeit von 11 bis 14 Uhr hatte jeder Gast maximal eine halbe Stunde Zeit fürs Mittagessen. Wer zu spät zum Essen kam, durfte sich von Peter Balzers strafenden Blicken getroffen fühlen. Im Prinzip hatte er seine Gäste folgsam im Griff. Obendrein musste man noch staunen, wie Hertha in ihrer relativ kleinen Küche den notwendigen Ablauf organisierte. Ich weiß nur, dass gut dressiertes Hilfspersonal außerhalb der Küche mit helfender Hand einbezogen wurde.

Nachdem wir in manchen, für uns vielleicht doch recht unpassenden, Eckchen des Ortes Musik gemacht hatten, landeten wir im alten Kurhaus von Ahrenshoop. Das sollte wohl vor dem Krieg mal von einem reichen Geschäftsmann gebaut worden sein und eignete sich wegen seiner kleinen Räumlichkeiten auch nicht besonders für Tanzveranstaltungen. Aber es entwickelte sich dort dennoch ein für Ahrenshoop einmaliges Veranstaltungsklima, das ich späterhin in dieser Form nie wieder erlebt habe.

Die Hautevolee von Ahrenshoop konnte unglaublich lustig und für uns gut zu leiden sein. Ich erinnere mich, als wir am Ende eines Tanzabends, nach mehrfachen Zugaben, endlich Schluss machen wollten und ich mit einem meiner zynischen Sprüche über meine Verstärkeranlage darauf hinwies, dass der Applaus nicht vom Herzen käme, wilde Proteste das Kurhaus durchschallerten! Dann kam Armin Müller-Stahl, damals noch ein junger Schauspieler, aber doch schon mit einer gewissen Popularität, auf mich zu, beruhigte mich und auch noch das Publikum. Wurde alles nicht so ernst genommen – man war ja schließlich im Urlaub. Es waren zu diesem Zeitpunkt vorwiegend betuchte Menschen, die auf einem vom Bauern parzellierten Ackergrundstück schicke Ferienhäuser gebaut hatten und zum Teil schon wieder mit Anhang der nächsten Generation zu unserem Publikum zählten.

Mit meiner Ehefrau Gisela lebte ich im Sommer 1955 schon getrennt. Wir hatten, nachdem ich es in meinem bewegten Musikerleben nicht so genau nahm und sie meinte, Gleiches mit Gleichem vergelten zu müssen, einen Weg gefunden, der für jeden die bessere Lösung war.

Als in Ahrenshoop 1955 die Saison beendet war und wir wieder im Blankenburger Kurhotel Einzug gehalten hatten, erreichte uns die

Nachricht, dass unser lieber Kurdirektor Salge plötzlich verstorben sei. Seine Frau überbrachte mir die Nachricht persönlich und bat darum, ob wir bei der anstehenden Trauerfeier in der Blankenburger Martha-Kapelle den musikalischen Anteil übernehmen könnten. Wir taten dies allzu gern, denn Richard Salge war für uns im Sommer 1955 ein guter Freund geworden. Die Trauerfeier selbst brachte für mich einiges Überraschendes. Bisher kannte ich Trauerfeiern nur mit kirchlicher Begleitung. Bei Richard Salge, dem Genossen – allerdings aus der sozialdemokratischen Richtung – gab es keinen Pfarrer, sondern einen aus Berlin entsandten Parteiredner des Kulturministeriums, und *Junge Pioniere* bildeten Spalier beim Heraustragen des Sarges.

Mit Herrn Salge bin ich einmal während des Ahrenshooper Sommers nach Rostock zum Fußball gefahren. Mit Stolz konnte ich für diese Fahrt meinen hölzernen DKW, den ein arroganter Flaps mal einen »umgebauten Gartenstuhl« bezeichnet hatte, präsentieren. Die Unterhaltung während der Autofahrt hatte mir mit der Schilderung von Salges politischem Niedergang schon zu diesem Zeitpunkt die Augen für die Sitten im Kommunismus geöffnet. Salge war vor dem Krieg eng mit Otto Grotewohl – beide im Braunschweigischen wohnhaft – befreundet gewesen. Weil aber Salges Sohn Soldat bei der Waffen-SS war (eingezogen, nicht freiwillig gemeldet), hatte sich Grotewohl ihm gegenüber strikt verleugnen lassen. Salges Parteifreunde aus der damaligen SED ließen ihn auch deshalb im alten Kreis Blankenburg als Landrat wie eine heiße Kartoffel fallen und schoben ihn behutsam nach Ahrenshoop ab. Vielleicht war er auch aus Gram darüber so schnell von dieser Welt gegangen.

Im Anschluss an die Trauerfeier auf dem Blankenburger Friedhof hatte ich noch ein dringendes Anliegen zu erledigen. Herr Salge hatte mir am Ende der Saison ein rührend löbliches Zeugnis ausgestellt und den Wunsch geäußert, dass wir im nächsten Jahr wiederkommen sollten. Nun, da er nicht mehr da war, musste ich das den Kulturbossen aus Berlin, ehe sie wieder weg waren, wortgewandt und dabei überzeugend verklickern. Bevor die Herren den Friedhof verließen, fand das Verhandlungsgespräch genau hinter der Friedhofsmauer statt – mit Erfolg – und unser Ostsee-Engagement 1956 war wieder gesichert.

In der Wintersaison vom 1. Oktober 1955 bis Ende Februar 1956 spielten wir zum ersten Mal in Quedlinburg. In der HO-Gaststätte *Am Mathildenbrunnen* lernten wir einen Gaststättenleiter von ganz besonderer Qualität kennen. Schon bald wurde dieser Mensch unser »Vater Heine«. Er führte die Gaststätte, die immer seinen Namen getragen hatte, bis sie von der HO vereinnahmt wurde, als wenn sie noch ihm gehörte. Ich merkte gleich, nachdem wir bei ihm den Spielbetrieb aufgenommen hatten, wie hoch er unser musikalisches Format einschätzte. Wie schon Fritze Schulze in Blankenburg, so spornte auch er uns an, den Tanzenden richtig einzuheizen, um dann die entsprechenden Pausen für die Gästebedienung einzulegen. Das Schönste: Er witzelte dann immer, dass seine Musik das klingende Geräusch der Registrierkasse sei! Mit Vater Heine, eigentlich auch für ihn persönlich, brachten wir so manche, lustige Show aufs Podium seiner Gaststätte.

Abbildung 21: Vater Heine mit unserer Band im Afrika-Look

Die Krönung, die wir dem Publikum boten, war unser Auftritt als Damenkapelle *Die Wiener Schwalben*. Mithilfe der Requisiteure und Maskenbildner vom Quedlinburger Theater waren wir perfekt ausstaffiert. Ich sehe immer noch, wie Hotte, seine Damenhandtasche schwenkend, hochhackig, mit rothaariger Perücke und schillerndem Damenkleid, unter dem Gejauchze des Publikums in die Damentoilette stürmte. Als Vater Heine dann mit Dieter Gast, der von uns die weiblichsten Konturen aufwies, den Tanz eröffnete, erreichte der Jubel der Gäste im total ausverkauften Haus den Höhepunkt. Jeder von uns hatte sein aufs Feinste zusammengestelltes Outfit. Willy, der lustige Pianist, wirkte hinter seinem Konzertflügel wie die Besitzerin eines St.-Pauli-Etablissements!

Bis zum Sommersaisonbeginn 1956 wollte man uns dann noch in Rostock zur Eröffnung des ersten größeren Hotels mit Luxus-

Gaststätte, *Haus Nordland,* dabeihaben. Ein gewisser Herr Potowski wurde dort als fachkundiger Leiter eingesetzt. Der hatte uns in Ahrenshoop gehört, angesprochen und zu mir gleich den richtigen Draht gefunden. Im *Nordland* lernten wir die Sitte, dass auch, allerdings nur sonntags zur Mittagszeit, Konzertmusik (wir nannten es dann Löffelmusik) gemacht wurde. Von einem sehr aufmerksamen und dankbaren Publikum erhielten wir bald die entsprechende Anerkennung.

Eine erneute Show hatte ich mir dort einfallen lassen: Weil das Restaurant ein sehr großes, reichhaltig ausgestaltetes Blumenfenster hatte, spielten wir das bekannte Konzertstück *Die Post im Walde* mit unserem Solo-Trompeter Hotte. Der postierte sich tief im Blumenfenster. Wir anderen Musiker spielten auf dem Podium. Die Darbietung verlief dann immer: Solo mit Trompete und anschließendem Echo von uns. Wenn ich Hotte da im »Wald« als perfekten Posthornisten verkleidet sah, fiel es mir schwer, das Lachen zu unterdrücken. So manch anderen Scherz haben wir uns auch in diesem Engagement ausgedacht. Direktor Potowski honorierte meinen Einfallsreichtum u. a. mit einem lobreichen Zeugnis.

In der Sommersaison 1956 in Ahrenshoop erhielten wir gleich – mit entsprechender Bitte angetragen – die Aufgabe, Musik bei der Trauerfeier für den verstorbenen berühmten Maler und Zeichner Fritz Koch-Gotha zu machen. Die fand in seinem Wohnhaus am Bodden statt. In dem kleinen Reetdach-Haus befand sich eine Art Balustrade, auf der wir ohne Tasteninstrument, quasi als Streichquartett, das angepasste Programm spielen konnten. Nun schon die zweite Trauerfeier für uns und das *Largo* von Händel war immer dabei!

Fritz Goch-Gotha hatte einen Schwiegersohn namens Arno Klünder. Der war auch Maler. Wir wurden bald näher mit ihm bekannt, denn er lud uns ein, mit ihm eine Segelpartie auf dem Saaler Bodden zu machen. Es wurden mehrere Segelpartien daraus. Wir alle pflegten mit Arnold auf Du und DU ein freundschaftliches Verhältnis, bis er leider schon 1976 verstarb.

1956 hatte der Kulturbund, der grundsätzlich die Einweisung der Badegäste in Ahrenshoop vornahm, sein Büro mit einem Herrn Brinkmann besetzt. Eine ältere Dame war seine einzige Hilfskraft, aber während der Sommersaison reichte das wohl nicht aus. Ich konnte ihm Evamarie Engel, mit der ich inzwischen befreundet war, als Lösung seines Problems empfehlen. Evamarie hatte die geforderten Fähigkeiten, mit den vom Kulturbund ausgewählten Gästen umzugehen. Ihr Vater war Zahnarzt in einem kleinen mecklenburgischen Landstädtchen. Ihre Mutter hatte als Privatlehrerin auf den umliegenden Gütern gearbeitet. Evamarie studierte nach dem Abitur in Rostock mehrere Semester Medizin, als man sie, wegen ihres angeblich großbürgerlichen Elternhauses, in der gerade so beginnenden Kommunistenherrschaft aus dem Studium gemobbt hatte. Ihre Eltern besaßen in Ahrenshoop-Niehagen, ein paar Kilometer vom Zentrum des Ortes entfernt, auch solch ein altes Reetdach gedecktes Haus.

Hatten wir schon 1953 den fast gelungenen Putsch gegen die Ulbricht-Regierung miterlebt, als damals in der Gaststätte (es war im Blankenburger Kurhotel) ganz schnell die Bilder von Pieck und Ulbricht abgehängt wurden, war es 1956 die Ungarnkrise, die die Bonzen unruhig werden ließ. Der SED-Oberfürst kam extra aus Rostock und veranstaltete eine Bürger- und Gästeversammlung im Saal des Ostsee-Hotels. Auch da hatten wir wieder die Aufgabe, diesmal allerdings kampferprobte Musik zu machen. Den erzürnten Redner höre ich heute noch, wie er die Menge beschwor, dass solche Schweinereien wie in Ungarn bei uns nicht passieren dürfen. Nun ja, die Herrschaften konnten ja dann auch bald beruhigt sein, nachdem die russischen Panzer für Ordnung gesorgt hatten.

Im Sommer 1957 fungierte ein Herr Bollow als Gaststättenleiter im Kurhotel von Ahrenshoop. Bei diesem Herrn ließ sich von Anfang an erahnen, dass die Zusammenarbeit nicht ersprießlich werden würde. Im Laufe der Saison bestätigten sich leider meine Vorahnungen. Durch dessen Besserwisserei konnte ich mit diesem Gernegroß kaum mal Übereinstimmung erreichen. Also musste für die nächste Sommersaison ein neues Engagement gefunden werden.

Immerhin hatte diese recht erfreulich begonnen: Evamarie Engel und ich heirateten am 18. Mai. Es gab keine allzu große Feier, denn nach den offiziellen Festakten in der Kirche und beim Standesamt feierten wir ausschließlich mit Evamaries Verwandtschaft. Meinen Eltern erklärten sich außerstande, aus Westberlin in den Osten, also in die DDR, zu kommen. Ich gebe zu, den Termin zum Heiraten nicht unbedingt ersehnt zu haben, da ich im Jahr zuvor gerade geschieden worden war. Aber meine lieben Schwiegereltern meinten, der Zeitpunkt fürs Heiraten sei wohl gekommen, wenn man schon sooo lange legere zusammenlebt. Die abendliche Feier fand im Beerboomhus statt, welches Evamaries Mutter mal geerbt hatte, nachdem mittags aufwendig im Kurhaus diniert wurde. Ich gab mir und meinen Kollegen an diesem Abend frei und war gespannt auf mein neues Eheleben.

Trotz der vielen Differenzen mit Herrn Bollow endete die Saison mit einem sehr erfreulichen Ergebnis. Bei unserem Renommee, das wir uns durch überregionale Presseveröffentlichungen und meine ersten im Rundfunk zu hörenden Titel erworben hatten, gab es natürlich auch an der Ostseeküste Interessenten, die »Kapelle Rolf Hurdelhey« zu verpflichten.

Meine erste Komposition eines Schlagerliedes kam so zustande: Siegfried Ostmeyer, ein um diese Zeit recht bekannter Textmacher, besuchte mich in Blankenburg. Er brachte den durch seine im Film gespielte Rolle als Ernst Thälmann bekannt gewordenen Schauspieler Günter Simon mit. Mit dem zusammen plante Siegfried Ostmeyer eine Rundfunksendung. Ich war mit meinem Saxofonspiel auch für diese Sendung eingeplant. Im Mittelpunkt unserer Unterhaltung stand aber ein ganz anderes Thema. Meine mir gerade neu angeschaffte Fernsehtruhe, die noch mit einem Radio und einem Stereo-Plattenspieler ausgestattet war, wurde interessiert bestaunt. Noch besser kams, als ich Ihnen mit einer ausgeborgten Schallplatte das bislang unbekannte Stereo-Erlebnis vorführen konnte. Amerikanische Marschmusik im 6/8-Takt rauschte durch mein Wohnzimmer, und es war eine Freude, wie die Klänge von links und rechts angeflogen kamen. Meine Zuhörer waren von diesem Hörerlebnis ziemlich beeindruckt. Günter Simon trug eine dicke, schwarze Brille auf der Nase, die von einem Berliner Optiker handgemacht worden war. Die hat mich so beeindruckt, dass ich später auch von diesem Optiker in der Berliner Stalin-Allee ein solches Gerät erworben habe.

Ganz nebenbei zeigte mir »Siggi Osten« (Pseudonym) einen Text und fragte: »Kannste mir dafür 'ne schöne Musik machen?« Ja! Es wurde was daraus. *Singe, kleiner Kolibri* wurde beim Rundfunk der DDR mit dem Sänger Hartmut Eichler produziert und in den von Herrn Quermann vorgestellten Sendungen in führender Position präsentiert.

Jetzt hatte ich einen dicken Fisch an der Angel. Die *Femina-Bar* aus Leipzig meldete sich bei uns. Man bot uns an, ab 1. Oktober 1957 für die Dauer von fünf Monaten im vorderen Teil dieses Etablissements aufzutreten. Bei der angemessenen Gage gab es keine Bedenken, mit unserem Engagement mal in die Großstadt zu wechseln.

Ehe wir den Sommer 1957 in Ahrenshoop verlassen, müssen noch ein paar ganz wichtige Bemerkungen über diesen schönen Ort gemacht werden. Der Ort Ahrenshoop hatte sich seit 1956 Stück für Stück merklich verändert. Viele schöne, die Dorfstraße säumende Weiden waren abgehackt worden. Der Bau einer befestigten Durchgangsstraße hatte begonnen und näherte sich dem Abschluss mit dem Ergebnis, dass Ahrenshoop jetzt für den Durchgangsverkehr nach Prerow, Zingst und Barth freigegeben war. Der alte Charme hatte merklich gelitten.

Was waren das noch für Zeiten, als wir, um den Wunsch von Herr Salge zu erfüllen, einen Tanzabend im benachbarten Ort Born zu inszenieren, mit dem Pferdewagen von Herrn Handschack über die holprigen Sandwege des Darß rollten, oder Herr Messerschmidt mit seinem Schiff *Heidi* Nachtfahrten auf dem Bodden veranstaltete. 1955 fand mal im August wegen der beliebten Vollmondnächte eine solche Nachtfahrt statt. Messerschmidt engagierte uns mit Akkordeon, Klarinette und Baritonsaxofon als Bass-Ersatz. Meine zukünftigen Schwiegereltern und Evamarie waren mit an Bord. Der Alkohol floss in Mengen, bis ich zum Schluss, als Messerschmidt eine brennende Bohnerwachstonne ins Wasser schmiss und noch eine Runde drehte, auf dem Dach des Führerhauses stehend mein Solo blies. Auf dem Nachhauseweg fand ich dann mein Auto, den alten DKW, nicht mehr. Und alle, die ich transportieren wollte, mussten zu Fuß nach Hause laufen.

*

Doch nun nach Leipzig zu unserem neuen Engagement. Die *Femina* im Zentrum Leipzigs war zu diesem Zeitpunkt wohl das bekannteste, von Nachtschwärmern angesehenste Tanzlokal. Dort einen Vertrag zu bekommen, und dann noch auf dem Präsentierteller des Hauses wirken zu dürfen, erfüllte mich schon mit ein bisschen Stolz.

Herr Diplomkaufmann Wiemer, ein alleinstehender, mit einer älteren Wirtschaftlerin zusammenlebender Unternehmer, war der Pächter dieser in der Mädler-Passage liegenden Gaststätte, die aufs Penibelste strukturiert war. Ich hatte so etwas bislang noch nie erlebt. Drei Bars, besetzt mit erotisch aufgeputztem Personal. Micki, die Vollbusige, die gern ihre Vorzüge präsentierte, war das Trumpf-Ass des Hauses! Aber für mich die größte Überraschung: Der Mann machte mit seinem Bar-Personal jede Nacht Inventur. Und das war immer sehr spät in der Nacht.

Zu Messezeiten spielten wir bis fünf Uhr morgens! Der Messetrubel mit seinen internationalen Gästen hatte für uns natürlich ganz besondere Reize. Für spezielle musikalische Wünsche, die wir gern erfüllten, kassierten wir so manche Belohnung. Dann und wann auch mal einen »harten Schein«. Mit Herrn Wiemer, der ein vornehmer, gebildeter Mann war, bin ich glänzend ausgekommen. Er hatte mit Musikern, die ihren Alkoholkonsum nicht zügeln konnten, schlechte Erfahrungen gemacht und war bestimmt ganz froh, wenn man ihm in angemessenem, dezentem Ton entgegenkam. Jedenfalls gab es keine Probleme, mit ihm ein erneutes Re-Engagement auszuhandeln, und das noch mit merklicher Verbesserung der Gage für die Band.

Der Direktor des Kreisbetriebes der HO Halberstadt hatte schon immer mal versucht, unsere Gruppe für ein Engagement im dortigen *Haus des Friedens* zu gewinnen. Genau für die Länge eines Monats war das vom 1. bis 28. Februar 1958 möglich. Wir lernten Herrn Huhn

kennen, einen Verehrer unserer Musik, und es wurden in den folgenden Jahren noch mehrere Re-Engagements daraus.

Jetzt absolvierten wir aber erst einmal unseren Einstand in Halberstadt. Natürlich wieder mit gewohntem Erfolg! Justament in diesem
Monat machte mir Günter Klein noch von Leipzig aus das Angebot,
mit meinem Sopran-Saxofon (zu dieser Zeit noch ein recht unge-
bräuchliches Instrument und von nur wenig Musikern akzeptiert) als
Solist Aufnahmen mit dem Unterhaltungsorchester *Donnerhak* zu ma-
chen. Für Günter die einfachste Sache der Welt. Ich sollte ihm zwei fürs
Sopran-Saxofon geeignete Melodien aufschreiben, und den Rest der
Sache würde er schon erledigen. Günter Klein war ein meisterlicher
Arrangeur, von dem ich späterhin noch viel lernen konnte. In meinem
Fall schrieb er ganz schnell die Arrangements zu meinen Fix-
Kompositionen *Medaillon* und *Leichte Kost*, und ich hatte zu Aufnah-
men beim Sender Leipzig, der damals noch in einer ehemaligen Turn-
halle stationiert war, anzutreten. Der Tonmeister Herr Götze, mit dem
Günter in eigener Produktion schon lange zusammenarbeitete, gab zu:
»Wenn ich das Ding (gemeint war mein Sopran-Saxofon) schon sehe,
kommt mir der kalte Kaffee hoch!« Nachdem er meine weichen, zar-
ten, schmeichelnden Töne (!!!) gehört hatte, entschuldigte er sich bei
mir und gab zu, dass ihm mein Vortag gefiel.

Dann ging es nach Chemnitz, das damals ja noch Karl-Marx-Stadt
hieß. Das dortige Engagement führte uns in den Chemnitzer Hof. Ein
Riesenhotel, welches den Ruf hatte, das beste in der DDR zu sein, und
in dem drei Kapellen in sehr verschiedenen Räumlichkeiten des Hauses
eingesetzt wurden. Für uns hatte man die Bar des First-Class-Hotels
ausgesucht, was ich nicht als die glücklichste Lösung empfand. Dort
sollten wir beispielsweise schon am Nachmittag spielen. Das erwies sich
dann bald als großer Flop. Wer geht schon nachmittags in eine Bar,

noch dazu im Sozialismus? Erst recht nicht dann, wenn darin kein Tageslicht ist, sondern nur schummeriges Lampenlicht leuchtet.

Bald gabs Knatsch mit der arroganten Direktion, und wir einigten uns schnell, dass bereits nach einem Vierteljahr unsere Zusammenarbeit beendet sein würde. Karl-Marx-Stadt habe ich nicht in bester Erinnerung. Mit Evamarie, nunmehr meine Ehefrau und jetzt immer Evchen genannt (weil es alle ihre Verwandten und Bekannten so sagten) lebte ich für die drei Monate des Engagements in der Dachkammer eines unterklassigen Hotels. In guter Erinnerung ist mir allerdings die »Hoppel-Diele«. Da gab es Riesen-Pferde-Rouladen mit Beilage als Mittagessen für 1,50 Mark. Bei der Haus-Verpflegung fürs Personal des Nobel-Hotels musste ich lernen, Kochfisch mit Rotkohl (!) zu essen.

Ab 1. Juni 1958 schnupperten wir wieder Ostseeluft. Diesmal ging es aber nach Kühlungsborn, einem der größten Seebäder, die die DDR im östlichen Teil der Ostsee aufzuweisen hatte. Hier war mein Vertragspartner die HO-Geschäftsleitung in Bad Doberan. Eine Abordnung dieses Betriebes hatte uns in den zurückliegenden Jahren in Ahrenshoop gehört und war somit bemüht, mit uns ins Geschäft zu kommen. Drei Sommerengagements wurden es in dieser Zusammenarbeit. Und hervorzuheben ist dabei, dass im Kühlungsborner *Atlantic* die Fachschule für Gastronomie aus Leipzig Studenten in ihrem Praktikum einsetzte. Da machte es richtig Spaß, sich Gastronomie in fast vollendeter Perfektion anzusehen. Vom Koch-Azubi bis zum schnell laufenden und freundlichst bedienenden Kellner mitsamt dem das Restaurant leitenden Oberstudenten – alle waren sie mit Eifer bei der Sache.

Mit Zwischenstation in Halberstadt und nochmals Ostsee landeten wir am 1. Oktober 1959 zum zweiten Mal in der Leipziger *Femina-Bar*. Herr Wiemer hatte uns ja wieder dorthin gelockt und erfreute sich an unseren Klängen. Aber nicht lange! Die Polizei hatte ihn abgeholt. Weswegen? Wir sollten es ein paar Wochen später erfahren. Wiemer war wegen Wirtschaftsverbrechen verhaftet worden. Und die dafür bald stattfindende Gerichtsverhandlung im berühmt-berüchtigten Leipziger Reichsgericht erlebten wir Musiker im Publikum. Natürlich hatte alles seinen üblichen Verlauf. Der Richter schimpfte, schrie und brüllte, was für ein schäbiger Kerl dieser Volksschädling Wiemer sei. Das Gerücht war verbreitet worden, er hätte Getränke schwarz einge-kauft und durch den Wiederkauf der Ware in seinen Bars so viel Geld verdient, dass er es hinter der Tapete seiner Wohnung verstecken musste. Aber Wiemer hatte einen cleveren Rechtsanwalt. Der wehrte sich, um Wiemer zu verteidigen, beeindruckend wortgewandt und brachte den Richter zumindest in die Situation, hier und da auswei-chend zu antworten, sehr zum heimlichen Vergnügen des Publikums. Das Endergebnis der Verhandlung war klar: Wiemer musste ins Zuchthaus. Viereinhalb Jahre waren vorgesehen. Er soll aber bald von der Bundesrepublik freigekauft worden sein.

Im Nu war die *Femina* zur HO-Gaststätte geworden – und ich erin-nerte mich an Herrn Lang im Ostseebad Sellin. Den habe ich durch Zufall, als ich mal wieder meine Eltern in West-Berlin besuchte, in der Nähe vom Berliner Funkturm vor den Eingängen des Flüchtlingslagers getroffen. Er stand da mit einem großen Koffer und einer umgehängten Reisetasche. Dann erzählte er mir, wie die sogenannte Aktion Rose (die Enteignungswelle 1953 an der gesamten Ostseeküste der DDR) ablief und dass auch er jetzt mittellos sei. Deshalb seine Flucht in den Wes-ten!

Der Gaststättenablauf in der *Femina* war nicht wiederzuerkennen. Irgendeinem von der herrschenden politischen Führungsriege prote-gierten Möchtegern war die Leitung dieses komplizierten Hauses übertragen worden. Und dieser Versuch scheiterte folgerichtig. Glücklicherweise taten sich in dieser Zeit für mich unerwartet neue Tore auf. Denn erstens bekam ich durch Günter Kleins Betreiben, der inzwischen mein Freund geworden war und in Schildow bei Berlin wohnte, Arrangement-Aufträge vom Musikverlag *Lied der Zeit* (LdZ) Berlin. Günter hatte seine Zelte beim Donnerhak-Orchester abgerissen und war dem Ruf nach Berlin gefolgt. Dort hatte man ihm die Stelle des Cheflektors bei LdZ angeboten. Für mich ergab sich mit dieser Verlagsarbeit ein ganz neues Standbein. Als sich das rumsprach, spitzte auch der Leipziger Harth-Musikverlag die Ohren und kam alsbald mit mir ins Geschäft. Zweitens machte ich beim Sender Leipzig meine ersten Rundfunk-Aufnahmen. Mal wars als Solist mit meinem Sopran-Saxofon, und dann produzierte ich in dieser Zeit auch mit dem Leipziger Rundfunktanzorchester zusammen als Sänger die für mich historische Aufnahme des Titels *Die Männer sind schon die Liebe wert!* All dieses Abschweifen von meiner eigentlichen Aufgabe, Leiter der *Kapelle Rolf Hurdelhey* zu sein, brachte mich doch dann und wann schon mal in terminliche Schwierigkeiten.

Dennoch: im Sommer an der See und im Winter wieder in eine warme Hütte. Nach diesem Prinzip verlief alles programmgemäß weiter bis zu unserem Engagement im Sommer in Warnemünde 1961. Wir spielten im dortigen Kurhaus. Hier überraschte uns am 13. August die Nachricht, dass in Berlin, später dann aber durch ganz Deutschland, diese unsägliche Mauer gebaut wurde. Kurz vorher durfte ich noch an einem spielfreien Tag meine Eltern in der Charlottenburger Neuen Kantstraße in Westberlin besuchen. Das war nun vorbei.

Wenige Tage später passierte dann das: Ich stand Saxofon blasend auf dem Musik-Podium. Von hinten hielt mir plötzlich jemand mit den Händen die Augen zu und sagte: »Sie sind verhaftet!« Erster Schreck!

Ich dachte: *Jetzt bin ich an der Reihe.* Dann die Erlösung: Der Mann outete sich als Aufnahmeleiter von Fernsehfunk der DDR. Er hätte die Aufgabe, mich sofort zu Fernsehaufzeichnungen nach Berlin zu holen. Mit dem Leiter der Gaststätte sei alles einvernehmlich geregelt, die Fahrkarten für den Schlafwagenzug Warnemünde-Berlin würde er auch schon in der Tasche haben. Ein bisschen perplex war ich schon.

Mit meinen Kollegen musste ich erst mal ins Reine kommen. Wir waren es nicht gewohnt, dass einer bei uns ausfiel. Man stelle sich vor, da fehlt plötzlich ein Rad im Getriebe. Dafür waren wir viel zu gut aufeinander eingespielt. Und nun das!

Meine Kollegen aber waren einsichtig, ließen mich gehen und improvisierten die nächsten Tage auf dem Kurhauspodium ohne mich. Und ich? Ich schlief – oder versuchte es zumindest – in dieser Nacht in der Eisenbahn vom Seebad Warnemünde nach Berlin-Ost. Hier erklärte man mir am nächsten Morgen, dass Walter Kubiszeck – durch Günter Kleins Verbindung inzwischen auch ein guter Bekannter von mir geworden – die Empfehlung gegeben hätte, mich für Aufnahmen zu dem Fernsehfilm *Ein Märchen aus Berlin* nach Berlin zu holen. Walter Kubiszeck war der Komponist dieses Auftragswerkes und stand urplötzlich auf dem Schlauch, als sein geplanter Gesangssolist für den Film noch in letzter Sekunde vor dem Mauerbau abgehauen war. Also ich, der Notnagel!

Unser erster Weg morgens um sieben Uhr nach Ankunft aus Warnemünde ging direkt zum Funkhaus in der Berliner Nalepastraße. Den Sendebetrieb in diesem Haus kannte ich schon ein bisschen. Trotzdem musste ich mir wegen meiner Müdigkeit erst mal die Augen reiben, um in den vorgegebenen Aufgaben bei der Sache zu sein.

Abbildung 22: Fernsehdrehpause

Walter war ein geduldiger Mensch; später würde ich manch fröhlich glückende Zusammenarbeit mit ihm haben. Er machte mir schnell klar, was er in der Kürze der Zeit von mir mit dem Einsatz meiner einmalig rau klingenden Stimme erwartete. Für den in den Westen getürmten Sänger Benny Mempel musste ich einspringen und eine Spielszene des Films *Ein Märchen in Berlin* im Duett mit der Sängerin Helga Depree, sowohl im Bild als auch mit Ton, schnellstens einspielen. Na, denn man tau, wie der Berliner sagt!

Zunächst habe ich meinen Part des Schlagerliedes *Heut ist was los an der Spree* im Funkhaus eingesungen, wie es in der Fachsprache heißt. Dann ab zum Drehort, irgendwo in Oberschöneweide. Danach, mit dem Kostüm eines Halbstarken versehen und einem Kofferradio in der Hand, auch noch Saxofon blasend, durch die Gegend rennen und später auf einen Brückenträger springen. Ich habe das alles an diesem ersten Tag mehr oder minder im Tran wegen fehlenden Schlafes absolviert, ohne zu ahnen, dass gerade die Aufnahme dieses Titels noch heute über Amazon zu haben sein würde!

Eine zu erwähnende Begebenheit gab es noch in diesem Sommer: Wieder mal, während wir in Warnemünde am Wirken waren, erschienen zwei Männer, die etwas mit mir zu besprechen hätten. Erich Kalweit, im Gefolge mit Herrn Schröter aus Ahrenshoop, war gekommen, um mir das Angebot zu unterbreiten, im kommenden Sommer wieder in Ahrenshoop Musik zu machen. Wir wurden uns schnell handelseinig und wussten zu diesem Zeitpunkt noch nicht, dass wir mit diesem ganz fix getroffenen Abkommen einen Bund für zehn Sommersaisons getroffen hatten.

Nach Warnemünde war es unser aller Wunsch, mal wieder in Heimatnähe zu bleiben. Was lag näher, als sich in Halberstadt bei unserem sehr verehrten Herrn HO-Direktor Huhn einzufinden. Wenn ich mit ihm ins Geschäft kam, erhielt ich meistens einen ganz besonderen Preis dafür. Den möchte ich hier nicht näher beschreiben. Nur so viel: Die HO hatte damals noch bestimmte Raritäten zu vergeben. Wenn man davon zum richtigen Zeitpunkt ein Stückchen abbekam, war man gut dran!

In Halberstadt bauten wir unser Show-Programm Stück für Stück aus. Mal wars die Feuerwehr-Kapelle, oder wir liefen, wenn der richtige Zeitpunkt gekommen war, als Fußballmannschaft auf.

Abbildung 23: Band als Fußballmannschaft

Am 11. November 1961 sollte ich ganz plötzlich meinen großen Fernsehauftritt haben. Der von internationalen Künstlern (und mir!) besetzte *AMIGA-Coctail* fand als Direktsendung im alten Friedrichstadtpalast statt. Mir wurde wiederum die Lücke zuteil, die der getürmte Sänger Benny Mempel hinterlassen hatte, und ich musste auf die Schnelle den Titel *Venus* interpretieren. Ein bisschen Schiss hatte ich schon, als ich »janz aleene« im gleißenden Scheinwerferlicht auf der riesengroßen Bühne stand und im Halb-Play-back live meinen Song vortrug. Redakteure von der AMIGA-Firma hatten sich einfach ausgedacht, mal den Rolf Hurdelhey mit seiner einmalig rauen Stimme als »Bill Ramsey des Ostens« ins Rennen zu schicken! Nach meinem Auftritt, mit dem ich selbst gar nicht zufrieden war, sprachen mich prominente DDR-Künstler wie Gerd Natschinski oder der Dirigent des Tanzstreichorchesters vom Deutschlandsender Jürgen Hermann an, ob sie auch mal einen Titel für mich schreiben dürften. Selbst Heinz Quermann der liebevolle Künstlerförderer, machte mir gute Vorschläge, wie ich den Weg nach oben am besten finden könnte! Welche Ehre!

In dieser Richtung ging alles ganz schnell. Ich wurde in das Tonstudio der einzigen Tonträger (Schallplatten) herstellenden Firma AMIGA bestellt, um zwei Titel für eine Single aufzunehmen. Dazu ist noch zu bemerken, dass das Studio im ehemaligen Präsidentenpalais gleich hinter dem Reichstagsgebäude und unmittelbar hinter der Mauer war. Für mich ein komisches Gefühl! Ein paar Kilometer weiter in Charlottenburg wohnten meine Eltern! Trotzdem: Unbekümmert und gottesfürchtig erledigte ich meine nicht ganz leichten Gesangsparts und rückte damit, wie sich Wolfgang Kähne, der Chef von AMIGA, ausdrückte, in die erste Reihe der Gesangssolisten seiner Produktionen.

Es folgten Einladungen zu Funk- und Fernsehsendungen. Sie alle wahrzunehmen, weil ich ja eigentlich meine Vertragsverpflichtungen mit der Kapelle zu erfüllen hatte, wurde langsam zum Problem. Andererseits konnte ich den »Ruhm« eines Fernsehstars auch in den Auftritten mit meiner Kapelle gern ausnutzen.

Eine kleine Begebenheit in diesem Zusammenhang: Meine Frau Evamarie kaufte in Blankenburg im Fleischerladen ein. Die Verkäuferin sprach sie an: »Ich hab Ihren Mann im Fernsehen gesehen – woll'n Sie Leber haben?«, und griff unter den Ladentisch. So war das zu diesem Zeitpunkt in der DDR, als die Bonzen mit markigen Tönen verkündeten, wie die BRD links von ihrem Staat überholt würde!

Aus Sicht der Genossen in den Funk- und Fernsehfunkredaktionen konnte meine Erfolgskurve als Sänger nicht lange gut gehen. Dunkle Wolken zogen in meiner Erfolgsspur auf! Erst hat sich ein Bauer im *Bauernecho* über die dekadente Machart meines Gesangs beschwert, die Zeitung *Junge Welt* schloss sich schnell dieser Meinung an. Und als Höhepunkt hat dann auch noch der Chefagitator des Fernsehens, Eduard von Schnitzler, in seinem *Schwarzen Kanal* das »amerikanische Geröhre« angeprangert. Klarer Fall: Hurdelhey wurde über Nacht verboten. Alle Redakteure in den Medien parierten gehorsam, und mein steiler Aufstieg war beendet. Der Fahrstuhl nach oben war besetzt!

Alle Funk- und Fernsehaufnahmen von mir, die bisher über die Sender liefen, wurden über Nacht gesperrt. Jetzt wollte mich keiner mehr kennen, denn ein schwarzer Schatten haftete mir nun an.

Eine längere Krankheit, wie ich sie in meinem Leben nur selten hatte, stellte sich ein. Mein Facialisnerv (das ist der, der – für den Laien beschrieben – das ganze Gesicht zusammenhält), hatte mir den Betrieb verweigert. Der Mund hing ziemlich schlapp herunter, und das Gesicht bekam eine unansehnliche Schieflage. Saxofon- und Klarinettenblasen ging nicht mehr.

Während eines Telefongesprächs mit Herrn Dr. Scholze in Blankenburg sagte dieser, ich solle mal in das Telefon pfeifen. Das ging nicht. Schon wusste der kluge Mensch, wo der Hase im Pfeffer lag, und er beorderte mich für den nächsten Morgen in seine Praxis. Ich muss erklären, der Mann hatte eine auffällige Kriegsverletzung. Ein Wangendurchschuss entstellte sein Gesicht, ähnlich meinem Aussehen. Mit folgendem Satz begrüßte er mich: »Sie haben es gut. Ihr Schaden kann behoben werden, meiner nicht!« Weil alles auch noch so komisch klang, konnte ich mir im Moment meiner ernsten Lage das Lachen nicht verkneifen. Sechs Wochen habe ich mit dieser blöden Facialislähmung zugebracht, ehe ich wieder voll betriebsfähig war.

Obwohl in der zurückliegenden Zeit so viel Unangenehmes geschehen war, ging der kontinuierliche Ablauf unserer Kapellenengagements weiter.

Eine Besonderheit meiner musikalischen Laufbahn soll jetzt erst einmal Erwähnung finden. Es muss so um 1960 gewesen sein, als mich ein guter Freund von der Musiksparte »E-Musik« ansprach, ob wir ein gemeinsames Projekt auf die Beine stellen könnten. Eitelfriedrich Thom hieß der Mann, den ich schon als Pennäler kennengelernt hatte. Damals organisierte er seinen Abiturienten-Abschlussball und engagierte meine Band für den unterhaltenden Teil des Abends. Inzwischen hatte er das Collegium Musicum in Blankenburg gegründet und widmete sich hauptsächlich alter Musik. Jetzt hatte er die Idee, sich an Gershwins *Rhapsodie in Blue* heranzuwagen. Dafür brauchte er unsere Gruppe zur Unterstützung für seine Konzertbesetzung. In dieser Komposition überwiegt in erster Linie ein schwieriger solistischer Part für Klavier, und dann gibt es da noch, am Anfang des Stücks, das berühmte Klarinetten-Glissando, welches er mir zugedacht hatte. Theater- und Orchestermusiker mögen solche Klarinettenfaxen nicht. Aber bei mir hatte Eitelfriedrich, mit dem Spitznamen »Sony«, einen ehrlichen Interessenten gefunden. Ich will es ganz kurz machen: Wir haben das Experiment dreimal über die Bühne gebracht, und der Erfolg war so groß, dass noch Jahrzehnte später von dieser Aufführung in Blankenburg gesprochen wurde. Ich hatte noch ein Spezialarrangement von Gershwins *Summertime* dem Programm beigesteuert und holte mir mit meinem Sopran-Saxofon-Solo Sonderapplaus. Dr. Eitelfriedrich Thom war lange Zeit mein und Evamaries Freund, bis er leider – viel zu früh im Alter von 60 Jahren – 1993 gestorben ist.

Jetzt muss ich wieder an die vergangene Sommersaison in Warnemünde erinnern. Nicht selten kam es vor, dass Abordnungen von Gaststättenleitungen aus der ganzen DDR im Sommer die Ostseeküste bereisten, um Ausschau nach geeigneten Klangkörpern für ihre Etablissements zu halten. So war es denn auch im Sommer 1961, als eine Abordnung aus Eisenhüttenstadt beim Tanzabend im großen Saal des Warnemünder Kurhauses auftauchte. Die fünf Männer hörten uns den ganzen Abend lang aufmerksam zu. Sie waren offenbar nicht zum Tanzen in den großen Saal gekommen. Das fiel uns auf. Für so etwas hatte man einen Blick. Richtig hatte ich dann spekuliert, als sich die Herren vorstellten und uns ohne weitere Umstände das Angebot machten, schnellstens zu vertraglichen Abschlüssen zu kommen, die uns über mehrere Spielzeiten für die HO-Gaststätte *Aktivist* in Eisenhüttenstadt binden sollten. Der Köder dieses Angebots war, dass wir dort nur an drei Tagen in der Woche spielen müssten und die Gage wesentlich höher lag, als wir es gewohnt waren.

Ja, so waren sie, die Menschen in Eisenhüttenstadt! Alles musste eine Nummer größer sein als anderswo! Ich habe das späterhin immer wieder gemerkt: Das EKO (Eisenhüttenkombinat) und alles, was drum herum war, lebte in einer anderen Liga. Zumindest, was die DDR betraf. Wir sind also nach Erich Kalweits Initiative im Sommer 1962 wieder in Ahrenshoop angekommen. Zunächst spielte sich das nächtliche Vergnügungsleben immer noch im alten Kurhaus ab. Gleich im ersten Jahr mit meinem recht bald guten Freund Erich Kalweit hatten die Veranstaltungen ihr ganz bestimmtes Fluidum. Wenn der Laden abends nach zehn Uhr richtig in Rage kam, machte Erich mit, indem er zum Dirigieren aufs Podium stieg. Die Gäste mochten das und tanzten nach seiner Pfeife!

Obwohl ich in Ahrenshoop nicht darauf aus war, jede Menge Persönlichkeiten des öffentlichen Lebens kennenzulernen, passierte es dann und wann doch.

Herr Stemmler, seines Zeichens Leiter der Abteilung Unterhaltung beim Fernsehen der DDR, machte uns das Angebot, an einer Direktsendung aus dem Studio in Adlershof mitzuwirken. Hier musste auch ganz schnell gehandelt werden. Ein paar Tage später flogen meine Kollegen mit dem Linienflieger von Barth an der Ostsee nach Berlin und ich mit dem Kapellen-Equipment im Wartburg Kombi, den ich damals schon besaß, hinterher. Mit einer polnischen Sängerin, die internationales Repertoire für ihre musikalische Begleitung mitbrachte, spielten wir live eine Stunde lang das Programm »Ganz unter uns« und waren nun auch Fernsehstars. Immerhin reichte es mit dieser Sendung aus, dass wir in den folgenden Engagements mit Angaben wie »… bekannt vom Fernsehsender Leipzig …« (oder ähnlicher Ortsbestimmung) angekündigt wurden.

Das Winterengagement in Halberstadt und der folgende Sommer 1963 lagen hinter uns, als wir am 1. Oktober dieses Jahres zum ersten Mal auf dem Podium der HO-Gaststätte *Aktivist* in Eisenhüttenstadt unsere Instrumente auspackten.

In diesen Zeiten konnten wir noch die tanzenden und tobenden Massen mit unserer Musik begeistern. Nicht zu übersehen sollte aber sein, dass der Wechsel von Ahrenshoop nach Eisenhüttenstadt einen Qualitätswechsel ganz anderer Art mit sich brachte. Ich versuche es mal bildlich zu beschreiben: in Ahrenshoop klare, gesunde, frische Luft, in Eisenhüttenstadt rauchige, zwar frische, aber auch dicke Luft! Die Zusammensetzung des Publikums war zu unterschiedlich, sodass ich auch Schwierigkeiten hatte, unser Repertoire entsprechend zu ändern.

In Eisenhüttenstadt kam es alsbald zu einer freundschaftlich empfundenen Zusammenarbeit mit dem dortigen Volkskunst-Ensemble des großen Werkes. Zunächst bat mich der musikalische Leiter, Günter Wendemuth, ein paar Arrangements für sein Orchester schreiben. Nicht lange danach bat man uns fünf, in einem gerade entwickelten Programm des Ensembles das Orchester zu verstärken. Das ließ sich dann gerade noch mit unseren Spielzeiten in der Gaststätte *Aktivist* in Einklang bringen.

Allerdings wurde mit der Zeit immer mehr daraus. Mehr daraus wurde auch meine Arbeit für die Musikverlage. Schließlich mussten die Partituren für die großen Salonorchester-Ausgaben (so wurde das Notenmaterial für die von den Verlagen zu beliefernden Kapellen bezeichnet) mit der Hand geschrieben werden. Da brauchte man eine Menge Bleistifte, gute Radiergummis und geeignetes Notenpapier. Vieles davon besorgte und schickte Papa aus dem Westen.

Die nun folgenden Sommer in Ahrenshoop brachten, wie wir es gewohnt waren, immer große Erfolge. Am Schlagzeug hatte ich jetzt einen guten Mann gefunden. Gerhard Huch kam mit der richtigen Routine eines perfekten Drummers aus einer Magdeburger Bigband. Er löste endlich Gerd Kelle ab, der seine rote politische Ader entdeckt hatte und sich in dieser Richtung verändern wollte. Schon damals, als wir noch 1959 in der *Femina* spielten, gab es in den Spielpausen harte verbale Gefechte, wenn er seine »wissenschaftlich« belegten Thesen vom uns erwartenden, vollendeten Kommunismus zu erklären versuchte. Wie konnte ein ehemaliger Hitlerjugend-Führer (der er ja gewesen war) nur so dämlich quatschen?! Unsere Empörung war damals ziemlich groß. Gut, dass er wegging.

Die nun folgenden Sechzigerjahre in Ahrenshoop boten sich wohl an, mit die schönsten Engagements zu sein, die ich in meiner Musikerlaufbahn erleben durfte. Bald nach dem Beginn unserer Zusammenarbeit mit Erich Kalweit zogen wir vom alten Kurhaus in das danebengelegene *Café Namenlos*. Das war ein ganz gewöhnliches Wohnhaus, welches in der unteren Etage zum Restaurant mit Theke und Stehdiele ausgebaut worden war und durch den Anbau einer Veranda 60 bis 70 Gästen

Platz bot. Wenn man bedenkt, dass für Tanzveranstaltungen auch eine angemessene Tanzfläche da sein muss, kann man sich vielleicht vorstellen, wie das Gedränge bei dem von uns angeheizten Getobe aussah. Aber gerade das wars! Wenn wir unsere Hits, die damals Mode waren, wie *Rote Lippen soll man küssen* ... oder *Tennessee-Walz* und *Let's twist again* spielten, glühte der Tanzboden! Und es gab auch sanfte Titel und Wünsche, die zu meinen großen Erfolgen führten. Zum Beispiel wenn ich im Stil von Charles Aznavour *Du lässt dich geh'n* mit französischem Akzent interpretierte, schluchzten die Gäste vor »Mitleid«! Auch mit meinem instrumentalen Vortrag von Titeln auf der Klarinette wie *Petit fleur, Stranger on the shore* oder *Il silenzio* konnte ich mich der Aufmerksamkeit des Publikums erfreuen. Ja, so waren sie, die Ahrenshooper Gäste.

Einen Höhepunkt des Abends erreichten wir immer, wenn mit laut schallenden Rufen »Der Fahrstuhl, der Fahrstuhl, der Fahrstuhl!« gewünscht wurde. Dazu muss ich Folgendes bemerken: Ich hatte den Titel *Der Fahrstuhl nach oben ist besetzt* im Rundfunk gehört und mit meinem ersten Tonbandgerät Marke Smaragd aufgezeichnet. Der war ein Produkt des Schweizer Orchesters »Hazi Osterwald« und enthält, wie ich es damals einschätzte, eine Riesenportion an Satire. Für mein Publikum in Ahrenshoop könnte das der richtige Geschmack sein. Den zweiten Vers hatte ich gleich mal selbst dazu gedichtet, sodass man das Ganze als kleine, durchsichtige Provokation an den Staat auslegen konnte. Hier der zweite Vers:

Der eine kann schon mal, der andre darf noch nicht,
so ist das Leben!
Du zappelst dich nur ab und strebst zum Lampenlicht,
es geht daneben.
Beim andern läuft das alles rund und wie geschmiert,
der war schon immer für den Fahrstuhl programmiert.

Refrain:
Der Fahrstuhl nach oben ist besetzt, Sie müssen warten.
Sie können den Weg nach oben jetzt erst später starten.
Der richt'ge Fahrstuhl für Sie fährt unter Umständen nie,
der Fahrstuhl nach oben ist besetzt, Sie müssen warten.

Allerlei Bemerkenswertes ist in den kommenden Jahren geschehen, nachdem Erich die Geschicke des Kurhauses mit dem Anhängsel des *Cafés Namenlos* und einiger Gästehäuser übernommen hatte. Die Prominenz, oder wie man sie nennen wollte, gab sich die Klinke von diesen Häusern in die Hand. Ich erinnere mich an Jaecki Schwarz, den späteren Kriminalkommissar in der Fernsehserie *Polizeiruf 110*; damals war er noch ein unausgereifter junger Mann, der verdammt oft einen über den Durst getrunken hatte und angeschlagen in einer Ecke des Lokals kauerte.

Die Professoren Köhler und Köbler, beide berühmte Künstler auf ihren Instrumenten Orgel und Cembalo, stellten sich nachts öfter mal im *Namenlos* ein, setzten sich an den Flügel und jazzten mit unserer Band. Komisch wurde es, wenn einer von beiden zu singen anfing, und man hörte: »Montevideo ist keine Gegend für meinen Leo!«

Der Schauspieler Gerd Ehlers (man sah ihn oft in kleineren Rollen in Fernsehfilmen) hatte uns ans Rostocker Theater zur Probe für die Premiere des Bühnenstücks *Die Tagebücher der Anne Frank* eingeladen. Wir saßen im ersten Rang in der ersten Reihe des großen Theaters. Ehlers spielte den Vater von Anne Frank – großartig! Die hervorragend inszenierte Aufführung war für uns, trotz der leeren Publikumsplätze, ein bleibendes Erlebnis. Man hatte den Eindruck, sie spielten nur für uns fünf Musiker, den Gästen aus Ahrenshoop!

Von der Komischen Oper in Berlin, wo gerade *The Fiddler on the roof* (der Geiger auf dem Dach) gespielt wurde, hatten wir einige Schauspieler in unserem Tanzpublikum. Von denen habe ich mir zwei Eintrittskarten für eine Nachmittagsvorstellung erbettelt. Diese Felsenstein-Inszenierung hatte es in sich. Dem Meisterregisseur Felsenstein machte keiner was vor!

Oft posierten wir auch als Modelle für Fotografen und Zeichner. Gerhard Vetter, prominenter Fotograf, der sein Atelier im benachbarten Ort Wustrow hatte, wagte manches Experiment seiner fotografischen Kunst mit einzelnen Musikern von uns. Dann passierte das traurige Unglück: Gerhard Vetter wollte das Abtreiben der Kuhherde von einer der Boddeninseln zum Festland bei Zingst fotografieren – diesen interessanten Vorgang auf einem Fährpram mit zig Rindern zusammen. Dann wurden die Tiere plötzlich unruhig und belasteten den Kahn einseitig. Und das Unglück geschah: Der Fährpram geriet ins Schaukeln und kippte um. Die Rinder und Vetter stürzten ins Wasser. Er muss wohl bei diesem Tohuwabohu unglücklich verletzt worden sein, denn er ist, bevor man ihn retten konnte, ertrunken. Gerhard Vetter war ein guter Bekannter von uns, seine zwei Söhne haben den Kontakt zu uns beibehalten.

Wenn man uns zeichnete, muss an erster Stelle Gerhard Vontra aus Prerow erwähnt werden. Der hat uns in vielen verschiedenen Positionen porträtiert und damit oft in Zeitungen gebracht. Eine Porträt-Skizze von mir hängt heute noch in meinem Arbeitszimmer über dem Klavier.

Den Gregor Gysi, der heutzutage möglichst keinen Öffentlichkeitsauftritt verpasst, habe ich in Erinnerung, wie er als Jüngling im Kurhaus mit seinen Eltern (der Vater war mal Kulturminister in der DDR) als Gast erschien.

Heinz Grothe, ein Politidiologe, von dem ich später hörte, dass er ein sehr nahestehender Freund von Eduard von Schnitzler gewesen sei, gab sich ganz locker, wenn er uns eine Schnapslage spendierte und dabei politische Witze machte.

Mit Stephan Heym habe ich mal nach Dienstschluss an der Bar gesessen. Erstaunlich war, dass er recht unbekümmert über die Missstände in der DDR klagte. Er hatte aber nicht nach unseren Klängen »geschabbert« (Musikerausdruck für ausgelassenes Tanzen).

Meine Eltern wohnten schon lange in Westberlin, denn mein Vater hatte seine Stellung in der Berliner Handelsbank, wo vor dem Krieg schon sein Arbeitsplatz war, wiederbekommen. Ihm wurde in dieser Zeit eine Ausgabe der Zeitschrift *Der Stern* unter die Nase gehalten. Darin stand ein mehrseitiger Artikel mit der Überschrift *Die Nackten und die Roten*. Mein Vater wurde darauf aufmerksam gemacht, dass der Name Hurdelhey in diesem Artikel mehrmals auftauchte. Ganz schnell stellte sich bei ihm und seinen Kollegen heraus, dass damit ich gemeint war. Dieser Artikel eines Reporters, der während der Ostseewoche – eine beliebte und alljährlich in der DDR stattfindende Veranstaltungsreihe – die Küste bereiste, erzeugte im Kurhaus und den darüber angesiedelten Leitungsgremien einen Sturm im Wasserglas. Der Reporter amüsierte sich in seinem Artikel köstlich über das sozialistische Ferienleben in der DDR, nachdem er auf ganz seröse Art und Weise Gastwirte, Geschäftsinhaber und auch mich ausgefragt hatte. Ich war gewarnt worden (ich wusste, wie Reporter das machen) und bemühte mich, nicht in die Falle zu geraten, als er mich fragte, wie es denn mit der prozentualen Auswahl von 60:40 Ost- und Westtiteln in unserem Repertoire sei. Den schönsten Satz seines Artikels werde ich nie vergessen: »Wer nackt ist, braucht kein Parteiabzeichen zu tragen.« Erich

Kalweit wurde umgehend zur Leitung des Reisebüro-Feriendienstes nach Berlin beordert und musste dort manchen Hieb einstecken.

Unbedingt muss ich noch darauf hinweisen, dass wir uns in den »heißen« Sommern bis 1971 keinen spielfreien Tag gönnten. Immer montags, wenn wir im *Namenlos* frei hatten, wurden sogenannte Muggen (musikalische Gelegenheitsgeschäfte) aufgerissen. Sie führten uns zunächst nach Prerow. Da war so eine Art Kurhaus, eine hölzerne Bude, die als Tanzlokal diente und in der auch besonders laut und ausgelassen getobt wurde. Nur zwei- oder dreimal haben wir dort unsere Marke gesetzt. Besser gefiel es uns im benachbarten Zingst, wo der Gaststättenleiter für mich nach dem richtigen Muster gestrickt war. Der vertrat den Standpunkt, dass alle Eintrittsgelder mir (uns) gehörten. Denn wenn wir spielten, läge sein Geschäft im großen finanziellen Umsatz mit Getränken. So konnte es gehen. Der Mann war so clever, das Eintrittsgeld für die Veranstaltungen mit uns von Mal zu Mal zu erhöhen. Das Besondere bei den Veranstaltungen in Zingst war, dass im Gedränge des Publikums immer Schilder hochgehoben wurden, auf denen die Gäste ihre Titelwünsche an uns richteten. Da war zu lesen: *Schlag doch dein Bett in der Kneipe auf* oder *Das Lied von der Schlampe*. Bei diesem Titel handelte es sich um meine Parodie von Aznavours *Du lässt dich gehn*. Man hatte auch noch viele andere Wünsche, die auf diese Art und Weise geäußert wurden.

Wenn auch zu dieser Zeit der Rubel ganz schön rollte, so musste ich dennoch daran denken, dass ich gerade um 1965 Geld gut gebrauchen konnte. In Schildow bei Berlin wurde gerade für Evchen und mich ein neues Haus gebaut. Günter Klein hatte dafür die Verbindung hergestellt. Ich sollte näher an das Zentrum der Macht (gemeint war das im musikalischen Sinn) kommen, und dafür sei es besser, den ständigen Wohnsitz – wie ich es durch meine vielen Stellungswechsel nennen möchte – in die Nähe Berlins zu verlegen. Gesagt, getan! Das kam in der gepriesenen Deutschen Demokratischen Republik wohl nicht oft vor.

Weil ich auch durch die Tantiemeneinnahmen bei der AWA (Anstalt zur Wahrung der Aufführungsrechte, heute heißt es GEMA) ganz gute Einnahmen hatte, konnte ich das Vorhaben wagen. Da es Gesetz in der DDR war, dass jeder Bürger nur ein Haus oder Grundstück besitzen durfte, war ich gezwungen, mein ererbtes Haus in Blankenburg zu verkaufen. Wer wollte schon ein Haus, das durch die vom Staat verordneten, kleinen Mieteinnahmen nur mühsam zu erhalten war, kaufen? Ich fand nach langem Suchen dann doch einen Käufer, dem ich das Haus und Grundstück für 'nen Appel und 'n Ei überlassen habe. Das reichte natürlich nicht, um mein neues Bauvorhaben in Schildow zu finanzieren. Ergo nahm ich Kredit aus privater Hand auf. Willy Krieger, der Sparkünstler in meiner Truppe, hatte nicht nur Blumen gefuttert und Zäune abgerissen (Erinnerung an unsere wilden Zeiten), er konnte mir mit zehntausend Mark aushelfen. Das reichte aber noch nicht. Hertha Kinow packte auch noch einen Haufen Geld dazu. Wiederum als Kredit, aber mit 5 % Zinsen, während Willy keine Zinsen forderte.

Für die Verhältnisse in der DDR fast einmalig: Im Frühjahr 1965 wurde ausgeschachtet und am 6. Dezember des gleichen Jahres wurde eingezogen. Anfangs noch ohne Strom und Wasser. Da half aber Günter aus, der praktisch in der gesamten Zeit des Hausbaus den Bauleiter gespielt hatte. Und nach ein paar Tagen waren auch diese Probleme gelöst.

Als ich am 10. Mai 1966 noch in Quedlinburg bei Vater Heine im Engagement war und der Tag mit dem Nachmittagskonzert seinen üblichen Verlauf genommen hatte, erreichte mich in der Gaststätte per

Telefon die Nachricht (Günter Klein rief an), dass gesunder Nachwuchs angekommen sei und ich schnellstens nach Berlin kommen müsse. Rein ins Auto und los – gleich in die Geburtenstation der Charité, wohin man mich beordert hatte, um zu erfahren, dass zwei gesunde Jungs geboren seien. Der Überraschungseffekt war nicht klein. Erstens begab sich alles sechs Wochen zu früh, und zweitens hatte in dieser Zeit noch niemand vorausgesagt, »was« da unterwegs war.

Evchen nahm es sehr, sehr tapfer. Sie fand gleich, weil sie danach befragt wurde, die Namen für die beiden neuen Erdenbürger: Robby-Rolf und Conny-Gerd (nach meinem gefallenen Bruder). Beide Kinder mussten noch sechs Wochen in der Klinik im Brutkasten bleiben. Dann durften sie in das einst für Gäste geplante Zimmer unseres neuen Hauses einziehen und wurden dort ganz herzlich willkommen geheißen.

Sommer 1966 wieder in Ahrenshoop, ab Oktober noch mal nach Quedlinburg, dann 1967 wieder in Ahrenshoop, so weist es der Anstellungswechsel in meinem Arbeitsbuch auf.

Ab 1968 wurden wir auch ein ums andere Mal ins Gästehaus der Regierung der Deutschen Demokratische Republik nach Dierhagen beordert. Hier durften Bonzen höheren Ranges ihren schwer verdienten Urlaub verbringen und mit unserer Musik einen fröhlichen Abend erleben. Auch ein paar zur Parteiprominenz zählende Persönlichkeiten waren dabei, aber Ulbricht und Stoph, die »Oberfürsten«, habe ich nie gesehen.

Das Gästehaus in Dierhagen war entsprechend seiner Nutzer erstklassig ausstaffiert. Herumgesprochen hatte sich, dass das Mobiliar aus Schweden importiert worden sei, und auch ein Schwimmbecken mit Meerwasser soll sich im Haus befunden haben. Speis und Trank waren natürlich auch exquisit. Dass man beim Betreten des Gästehauses als Gast natürlich seinen Personalausweis abgeben musste, war übliche

Sitte gemäß dem Motto: Vertrauen ist gut, Kontrolle ist besser! – frei nach Lenin! Dies wiederum erinnert mich daran, dass mich Erich Kalweit öfter mal warnte, wenn sich wieder ein Observer von der Stasi unter das Publikum gemischt hatte.

Die nächsten Winterengagements zogen mich, schon weil ich jetzt in Schildow bei Berlin wohnte, immer mehr nach Eisenhüttenstadt. Die Zusammenarbeit mit dem dortigen Volkskunstensemble verdichtete sich, weil Manfred Eiselt dort die Leitung des Werk-Klubhauses übernommen hatte. Obendrein ergab sich die Situation, dass der musikalische Leiter des Ensembles, Günter Wendemuth, kurzerhand wegen finanzieller Unstimmigkeiten zur Hochofenarbeit abgeschoben worden war.

Eines Morgens klingelten Manfred Eiselt im Gefolge mit dem Gewerkschaftsboss des Werkes und dem technischen Leiter des Klubhauses an der Tür meiner Unterkunft; sie baten reinzukommen, um dringend mit mir sprechen zu können. »Du musst das machen!« Das war die Devise! Ich sollte in Windeseile die musikalische Leitung ihres Volkskunstensembles mit Orchester, Chor und Ballettgruppe übernehmen. Ein bisschen bin ich ins Grübeln gekommen. Ich musste mir das noch mal überlegen. Diese Aufgabe zu übernehmen würde ja doch einige nicht zu übersehende Veränderungen in meinem Lebensablauf bedeuten. In Sonneberg in Thüringen hatte ich schon mal, als dort das Kreiskulturorchester ohne Leitung dastand, eine ähnliche Aufgabe übernommen.

Das Sommerengagement 1969 verlief in Ahrenshoop mit neugierigen Gedanken, wie das neue Kurhaus, das auf den Grundmauern des alten im Entstehen war, aussehen würde. Erich Kalweit war dabei, sich einen Traum zu erfüllen. Im nächsten Sommer sollte die Eröffnung sein. Im Rohbau des Gebäudes machten wir beide – mit freiem Blick auf die Ostsee – schon mal Probesitzen. Aber noch wars nicht so weit.

Ich hatte in dieser Saison personelle Auswechslung vollzogen. Für Willy Krieger, der die Vielreiserei satthatte, spielte jetzt als Pianist Fritz Roggelin aus Rostock bei uns mit, und am Schlagzeug trommelte Alex Kunze, auch aus Rostock. Hier hatte Gerhard Huch den Platz freigemacht, weil er in Halberstadt, seinem Wohnort, Lehrer an der hiesigen Musikschule werden konnte. Fritz Roggelin war ein hochschulstudierter Schiffbauer, der als Amateurmusiker in leitender Position mit seiner Band *Die Evergreens* schon mal DDR-Meister geworden war. Er brachte neues Gedankengut in unsere Truppe, womit ich mich nicht immer einverstanden erklärte. Seine Frau, Marita Roll – eine gestandene Sängerin – brachte Fritz Roggelin auch noch mit. Wir rauften uns langsam zusammen. Alexander Kunze war dagegen ein pflegeleichter Junge, der schon vom Aussehen her eine kleine Bühnenschau darstellte. Wenn »Alex« hinter dem Schlagzeug das große Becken zum visuellen Lenkrad eines Treckers umfunktionierte und dabei mit seinem Fußpedal die bummernden Töne des Motors simulierte, kreischten die Leute. Er musste nur eine Eisenbahnermütze aufsetzen, dazu die Augen verdrehen und die Mütze umdrehen. Dann gabs von mir den Kommentar: »Jetzt dient er in der russischen Marine auf dem Panzerkreuzer *Potemkin*.«

Immer, wenn wir in Ahrenshoop eine Sommersaison im September beendeten, ergaben sich anschließend ein paar Tage Urlaub für uns. Diesmal, im September 1969, nutzte ich diesen Urlaub für ein Treffen mit meinen Eltern in der Tschechoslowakei. Mein Vater organisierte diese Reise über ein West-Berliner Reisebüro, wo er auch gleich ein paar Tage Aufenthalt für unsere Familie mit bezahlte. Meine Eltern fuhren mit der Bahn, und wir, meine Frau mit den Zwillingen und ich, pesten mit dem PKW Typ Wartburg hinterher. Gleich hinter der Grenze bei Bad Schandau trafen wir uns dann, und meine Eltern konnten ihr Großelterngefühl zum ersten Mal richtig ausleben.

Abbildung 24: Familientreffen im Tschechenland

Abbildung 25: Opa mit Conny auf dem Arm

Nach einem weiteren Winterhalbjahr in Eisenhüttenstadt war es in Ahrenshoop so weit, dass das neue Kurhaus seiner Bestimmung übergeben wurde. Jetzt war wieder einmal alles ganz anders. Mit dem Fluidum vom *Namenlos* war diese neue Umgebung einfach nicht zu vergleichen. Das große Restaurant mit seinem hundertfachen Panoramablick zum Meer ließ natürlich an den Tanzabenden nicht die Stimmung aufkommen, wie wir sie aus dem *Café Namenlos* gewohnt waren.

An die Spielzeit 1971 in Ahrenshoop kann ich mich nicht mit besonderen Begebenheiten erinnern. Nur so viel: Erich Honecker war an die Macht gekommen. Er hatte den Spitzbart rausgemobbt, und jetzt hieß es: Die Partei übernimmt überall die Führung! In Ahrenshoop merkte man das an der Veränderung der Gästezusammensetzung. Da bekam dann so mancher privilegierte Bonze sein Grundstück oder Häuschen zugewiesen.

Es bahnte sich an: Es sollte unser letzter Sommer in Ahrenshoop sein – und das war er dann auch. Mitgespielt bei dieser Entscheidung hatte auch, dass ich vom Klubhaus der Gewerkschaft aus Eisenhüttenstadt das Angebot für einen festen Anstellungsvertrag bekam und das Hin- und Herreisen damit ein Ende finden sollte. Meine vier Kollegen sollte ich gleich mitbringen.

Am 10. Juni des Jahres kam Frau Holfeld, die Verwalterin des Gästehauses *Seeschwalbe*, wo ich, seitdem Evchen mit den Kindern im Beerboomhus die Sommer verbrachte, im Dachgeschoss des Hauses immer meine Ruhe suchte, und überbrachte mir recht schweigsam ein Telegramm. Papa war gestorben! Ein paar Tage zuvor hatte ich Post von meiner Mutter bekommen, die vorsichtig ankündigte, dass mein lieber Vater vielleicht doch mal zum Arzt gehen sollte. Eigentlich war das nicht sein Ding! Nun war es zu spät.

Ich nahm mir bei Erich frei, fuhr sofort nach Oranienburg zur Polizei, um zu beantragen, dass ich wegen eines Trauerfalls nach West-Berlin reisen möchte. Die Antwort war schlichtweg: »Wenn Sie kein Rentner sind, wird das nicht genehmigt.«

Gleich wieder zurück zur See und pflichtgemäß in meinen regelmäßigen Dienst eingestiegen. So kannten wir das. Auch bei meinen langjährigen Kollegen hatte sich das so abgespielt. Vater gestorben, und gleich danach lustige Musik fürs Publikum! Bei mir hatte diese neue Situation, dass mein Vater, von dem ich so manch guten und wichtigen Rat fürs Leben bekam, der unsere Familie – besonders die Kinder – so wunderbar aus dem Westen versorgt hatte, nicht mehr da war, einen gehörigen Riss hinterlassen.

Eigentlich hatte er mich selten gelobt. Aber sein größtes Kompliment »Du kannst das Wesentliche vom Unwesentlichen unterscheiden« habe ich mir als Aufgabe fürs Leben gemerkt. Gemerkt habe ich mir auch, dass mein Vater bei einem Besuch meiner Eltern in Schildow große Anerkennung für meine Arbeit mit den Worten fand: »Du hast dir ja einen ganz schön großen Apparat aufgebaut!«

Zehn sommerliche Spielzeiten in Ahrenshoop, fünf weitere an der Ostsee hatte ich mit vielen nachhaltigen Erlebnissen hinter mir.

Ich lasse diese schöne, unvergessliche Zeit in den Ahrenshooper Sommern noch mal gedanklich passieren: Als wir mit Sack und Pack im Mai 1955 dort ankamen, schneite es! Die Dorfstraße war von dicken Weiden umsäumt, und die befestigte Straße endete am Kiel im Ortsteil Niehagen, 4 Kilometer vor Ahrenhoop. Das Beerboomhus, welches später Evchen gehörte, hatte weder Trink- noch Abwasserleitungen, und im Hof des Grundstücks war eine Pumpe nebst Plumpsklo!

Abbildung 26: Band auf Segelboot

Nach dem Tod meines Schwiegervaters 1966 übernahm ich die Verantwortung für die Modernisierung und den Erhalt des zweihundert Jahre alten Bauernhauses.

1960 wurde eine sechsköpfige Familie eingewiesen, die die untere Etage das Hauses bewohnte. Von staatlicher Seite war festgelegt worden, dass der Mietbetrag monatlich 20,00 Mark der DDR betrug. Weil es mir finanziell durch meine von Jahr zu Jahr steigenden AWA-Tantiemen recht gut ging, konnte ich mir's leisten, in der oberen Etage des Hauses ein Badezimmer einzurichten und vieles andere zur Verschönerung oder zum Erhalt des Hauses anzugehen. Mit zwei neuen Haustüren, neuen Fenstern, einer Treppenverschalung, ganz neuen Wasser- und Stromleitungen, zwei neuen Schornsteinen und umfangreichen Erneuerungen am Reetdach des Hauses war das ein ganz schöner Aufwand. Bis zuletzt, mit guten Beziehungen, eine Badewanne aus Berlin »eingeflogen« kam.

Abbildung 27: Beerboomhus

Evchen war mit den Kindern ab 1967 während der Sommerzeiten auch immer in Ahrenshoop, und Ralph, mein Sohn aus erster Ehe, besuchte uns öfter in seinen Schulferien. Er entwickelte sich zum großen Bruder der Zwillinge.

Das war jetzt erst einmal vorbei, aber ich brauchte Ahrenshoop keine Träne nachzuweinen, denn in meinen kommenden Urlaubszeiten würde ich noch oft genug als Gast dorthin kommen.

Branchenwechsel

Ab 1. Oktober 1971 waren wir alle Angestellte des Klubhauses der Gewerkschaft beim Eisenhüttenkombinat Ost, kurz EKO genannt. Ich war also der musikalische Leiter des von dem großen Werk quasi gesponserten Volkskunstensembles und hatte zudem die Aufgabe, mit meiner Band – als Combo des Klubhauses – für alle Feierlichkeiten und sonstige Veranstaltungen bereit zu sein. Meine vier Kollegen, Dieter Gast, Hotte Graubaum, Fritz Roggelin und Alex Kunze, wurden in das große Orchester (40 Mann) des Ensembles integriert und umgaben mich in bewährter Art und Weise.

Manfred Eiselt hatte das Ganze eingefädelt. Er war inzwischen Klubhaus- und Ensembleleiter. Das passte prima zusammen. Wir machten uns gleich an die Arbeit, denn ein neues Programm für die kommenden Arbeiter-Festspiele, die diesmal im Bezirk Dresden stattfinden sollten, musste einstudiert werden. Dafür war es üblich, dass ein Lehrgang für das Ensemble stattfindet. Die Mitglieder wurden für solche großen, zentral veranstalteten Vorhaben von ihren beruflichen Tätigkeiten freigestellt und standen mir, dem Orchesterleiter, dem Leiter des Chores und der Ballettleiterin voll zur Verfügung. Später, in den Proben bis zur Generalprobe, wurde immer noch, wo es für notwendig befunden wurde, professionelle Unterstützung »eingeflogen«, sodass im Ergebnis dabei doch ein bisschen mehr als Volkskunst herauskam.

Da muss von mir in erster Linie der Name Wolfgang Heidevogel genannt werden. Dieser junge Mann kam vom Greifswalder Theater und war dort rausgeschmissen worden, weil er kritische, den Genossen nicht passende Bemerkungen wegen des NVA-Truppeneinsatzes 1968 in Ungarn geäußert hatte und sich jetzt als braver Genosse in einem Volkskunstensemble bewähren sollte. Für mich war Wolfgang Heidevogel ein Glücksfall. Ich habe sehr viel von ihm lernen können, zumal wir uns von Anfang an gut verstanden.

So ein Lehrgang, diesmal fand er in Lauterbach am Greifswalder Bodden nahe der Ostsee statt, wurde mit abendlichen Umtrunks immer ein fröhlicher Aufenthalt für das gesamte Ensemble.

Mit unserem ersten Programm, das wir im Klubhaus der Gewerkschaft (man nannte es im Volksmund *Schuppen*) auf die Beine gestellt hatten und in mehreren Städten des Bezirkes Dresden aufführten, stellte sich gleich ein durchschlagender Erfolg ein, der auch noch extra belohnt wurde. Ich durfte mit Manfred Eiselt und der Leiterin der Balletttruppe, Gisela Stubbe, eine Reise in die Sowjetunion antreten. Erst flogen wir nach Kiew, wo wir in einem altehrwürdigen Hotel wohnten. Und dann ging es mit der Inlandsmaschine nach Moskau weiter. Das Ganze nannte sich Studienreise und wurde mit einer Gruppe ausgezeichneter Werktätiger – meistens Genossen – zusammen durchgeführt. Die waren von allem, was man uns vorführte, hell begeistert, oder taten jedenfalls so! Ich sah das oftmals etwas kritischer, zeigte es Manni (so nannte ich Manfred jetzt), und er mahnte mich dann sofort zur Vorsicht. Recht hatte er, denn mindestens einer in der Reisegruppe war bestimmt von der Firma »Horch und Guck« als Zuträger dabei. Im Lauf der Jahrzehnte bekam man natürlich einen Blick dafür, weil sich unsereins ohnehin permanent beobachtet fühlte.

Ich war jetzt in meiner Leitungsfunktion in den Kreis aufgerückt, der eigentlich die Zugehörigkeit zur führenden Partei, also SED, voraussetzte. Weil aber meine Eltern in Berlin-West wohnten und ich auch keinen Hehl daraus machte, beäugten sie mich nunmehr im »1. Sozialistischen Betrieb der DDR« besonders gern! Andererseits konnte ich es mir leisten, aus der Reihe zu tanzen, wenn mir danach war. Ich hatte immer das Gefühl, dass man mich brauchte, um Erfolge vorzuzeigen. In Eisenhüttenstadt war das ganz offensichtlich, wenn der Generalsekretär des Werkes, Genosse Markowitsch, mit *seinem* Ensemble glänzen konnte. Als ich ihn mal fragte, ob wir uns für das nächste Programm Aushilfsmusiker vom Frankfurter Theater holen dürften und das alles, einschließlich der vielen Proben, wohl fünfzigtausend Mark kosten könnte, antwortete er: »Na, wenn wir die nicht hätten!« So waren sie in Eisenhüttenstadt. Walter Kubiczeck sagte mal zu mir, als er erfuhr, wo ich jetzt gelandet war: »Seitdem du dich an den Brüsten der Industrie nährst, musst du im Rund- und Fernsehfunk keine Bücklinge mehr machen!« Recht hatte er; es taten sich auch noch andere Tore auf.

Jetzt aber erst mal zur Entwicklung in dem neuen Arbeitsfeld unserer Band. Was Manni geplant hatte, dass wir im Schuppen noch zum öffentlichen Tanz aufspielen sollten, klappte leider nicht. Dafür war der Laden einfach zu ungemütlich. Also lag unsere eigentliche Aufgabe in der Ensemblearbeit, bis die Betriebsgewerkschaftsleitung auf die außergewöhnliche Idee kam, uns einmal in der Woche in den Kantinen des Werkes während der Mittagspause mit unserer Musik einzusetzen. Das lief auch nicht besonders gut. Manchmal gab es sogar Beschwerden, wenn die Werktätigen während ihres Mittagessens ihre Ruhe haben wollten.

Obwohl wir auch in der nächsten Zeit mit dem Ensemble eine erlebnisreiche Tournee durch Bulgarien machten, stiegen bald Fritz Roggelin und Alex Kunze, später auch Hotte Graubaum und Dieter Gast aus dem Engagement aus. Es gab unterschiedliche Gründe dafür. Zwar hatten wir wirklich günstige Arbeitszeiten, nämlich meistens nur von Donnerstagabend bis Sonntagmittag, aber bei Fritz und Alex waren es die weiten Reisezeiten von und nach Rostock, und bei den anderen beiden, Hotte und Dieter, war das Fass einfach übergelaufen. 23 lange Jahre hatten wir zusammengearbeitet; jetzt konnten wir uns nicht mehr leiden! Ich muss ehrlich zugeben, dass der Grund für unsere Trennung zum Teil auch bei mir lag. Ich tanzte inzwischen auf zu vielen Hochzeiten. In Sonneberg war das Orchester immer noch ohne Leiter und man bat mich, so oft wie möglich dort mein Gastspiel zu geben. Der Direktor der Volkskunstschule in Sömmerda, Fritz Bachmann, wollte mich auch so oft wie möglich als Gastdozenten für Vorträge in Schulungen für Amateurkapellenleiter haben. Dann haben sich die Aufträge, Arrangements für Musikverlage, Sänger und Artisten zu schreiben, verdichtet. Und nicht zuletzt bekam ich manches Angebot, als Solist mit meinem Sopran-Saxofon zu glänzen.

„Schlager einer kleinen Stadt" heißt eine neue Sendereihe des Deutschen Fernsehfunks, die vierteljährlich über den Bildschirm gehen wird. Auf unserem Bild demonstriert Rolf Hurdelhey mit seinem Sopran-Saxophon, daß Sie die erste Folge am 16. Dezember aus Radeberg erwartet. Außer ihm wirken noch Heidi Kempa, Ruth Hohmann, Julia Axen, Klaus Schneider, Fred Frohberg, Volkmar Böhm, Toni Stepanek, die vier Brummers, das Fernsehballett und Laienkünstler aus Radeberg mit. Daß allen das Exportbier wohl bekommt, dafür sorgen Walter Kubizcek (musikal. Leitung), Fritz Boeck (Buch und Regie) sowie Heinz Florian Oertel (Reporter).

Abbildung 28: Rolf mit Sopran-Saxofon

Durch den Weggang meiner Kollegen ergaben sich für mich bisher unbekannte Probleme: Ich musste mir andere Musiker suchen und tat dies mithilfe von Inseraten, die ich in dem kleinen Fachblatt für Musikanten »Melodie und Rhythmus« aufgab. Dazu ist zu bemerken, dass ich für diese Zeitung oft Artikel mit der Anleitung zum Spielen von Druckarrangements (meine Arbeit) geschrieben habe. Auch in zwei Arrangier-Lehrbüchern hatte ich das schon mit anderen renommierten Autoren gemacht. Ich war also bekannt in Musikerkreisen. Wenn ich dann meinte, diesen oder jenen Musiker für unsere Dienste im EKO gefunden zu haben, wurde ich oftmals erschreckend überrascht, oder auch enttäuscht, wie unzuverlässig Musiker sein können. Hatte ich mühsam einen brauchbaren Pianisten gefunden, war der nach ein paar Tagen wieder verschwunden, weil er mit einem Zirkus nach Rumänien gereist war. Bei meinem neuen Bassisten, eigentlich ein guter Musiker aus Bulgarien, war ich mir nie ganz sicher, ob er pünktlich zur Arbeit erscheint. Wenn es aber bei Festveranstaltungen, von denen es im EKO viele gab, ans kalte Buffet ging, war er immer der Erste. Die Fluktuation in meiner Klubhauskapelle setzte sich fort. Stabilität stellte sich erst ein, als sich ein gewisser Stamm festigte.

Das Orchester des Ensembles wurde immer kleiner. Von Anfang an war ich bestrebt, all diejenigen, die das Ganze nur als Zeitvertreib ansahen, keine Zeit zum Üben auf ihrem Instrument hatten und demnach mehr oder minder als Statisten wirkten, nach Hause zu schicken. Dennoch stellte ich mir zu diesem Zeitpunkt noch vor, ein sogenanntes Tanzstreichorchester als Teil des großen Ensembles erhalten zu können. Den Chor wollte ich auch gleich, als ich hauptamtlich in Eisenhüttenstadt einstieg, auf ein geringeres Durchschnittsalter herabsetzen, damit auf dem Bühnenbild nicht zu sehr der Eindruck eines Gesangvereins durchschimmerte. Mit diesen Maßnahmen habe ich mir natürlich nicht nur Freunde eingehandelt. Manni machte das alles wunderbar mit und unterstützte mich bei allen Ideen, die ich für die Umgestaltung des Volkskunstensembles hatte. Überhaupt war Manfred Eiselt derjenige, der mit Optimismus und frohen Mutes und manch kleinem Risiko die Arbeit für mich zum Spaß werden ließ.

Abbildung 29: Ensemble Auftritt

Die Bulgarientournee mit Manni als Ensembleleiter muss ich doch noch ein wenig ausführlicher schildern: Mit einem Flug von Berlin-Schönefeld nach Sofia in Bulgarien fing es an. Da holten uns Omnibusse eines Partnerschaftswerkes aus der Stadt Plowdiw ab, und wir hatten nach unseren Auftritten Freundschaftstreffen, die immer fröhlich begossen wurden. Bei unseren Reisen quer durch Bulgarien hatte es sich eingependelt, dass die Männer in einem älteren, etwas wackligen Bus transportiert wurden und die Mädels ein besseres Gefährt bekamen. In unserem Männerbus roch es mehr und mehr nach Sliwowitz, dem typisch nach Bulgarien schmeckenden und riechenden Getränk. Als dann der Motor von unserem Bus Schwächeanfälle bekam, der Fahrer bei Bergabfahrten den Gang herausnahm und er bei lauter bulgarischer Musik zu jubeln begann, neigte sich die Fahrt ihrem Höhepunkt entgegen.

Stopp! Die Reise war unterbrochen. Mitten in bulgarischen Melonenfeldern! Langsam wurde es auch noch dunkel! Mannis Einfall: Alles ausschwärmen zum Holzsuchen! Wir machen Lagerfeuer. Ideen muss man haben. Die Unternehmung strömte einen Hauch von Pfadfinderromantik und Gemütlichkeit aus! Spät in der Nacht kam ein Ersatzbus, der uns in die Quartiere brachte.

Unsere Gastgeber hatten uns in Mitschurin, einem kleinen Badeort am Schwarzen Meer, untergebracht, wo überwiegend die einheimische Bevölkerung ihren Erholungsurlaub verbrachte. Das merkte man. Komische Sitten haben sie da unten schon. Man denke nur an die orientalische Toilette! Oje! Ich beschreibe sie besser nicht. Beim Essen schmeckte auch vieles ganz anders als bei uns, z. B. Cevapcici (die bulgarische Boulette) – auch gewöhnungsbedürftig, weil stark mit Knoblauch gespickt.

Dass neben dem Badestrand des Ferienortes unserer bulgarischen Freunde das Abwasser direkt ins Meer lief, verdarb uns damals die Lust am Baden im Schwarzen Meer. Anders war das schon, als wir die prominenten Badeorte Varna und Nessebar besuchten. Hier konnten wir auf schönen Freilichtbühnen unser speziell für diese Reise einstudiertes Programm vorstellen und erfreuten uns am begeisterungsfähigen Publikum. Allerdings fiel uns auch auf, dass dort, wo sich viele Gäste aus dem Westen tummelten, die harte D-Mark viel mehr als unser weniger wiegendes Ostgeld bedeutete. Besitzer mit harter Währung wurden in diesem Bruderland ganz anders behandelt, als das mit uns der Fall war.

Trotzdem: Die bulgarischen Freunde waren nett und sehr, sehr gastfreundlich.

Wolfgang Heidevogel, der Regisseur, Dramaturg und auch manchmal als Sprecher mitwirkend im Ensemble, war ein hochintelligenter Mensch. Er kam zwar vom »anderen Ufer«, das störte mich aber überhaupt nicht, zumal er sich es mir gegenüber nie anmerken ließ. Mit ihm und Manfred Eiselt im Bunde, Chor- und Ballettleitung mussten natürlich auch dabei sein, haben wir viele revue- und theaterartige Inszenierungen auf die Beine gestellt.

Nach dem Programm *Eine Freundschaftsreise* folgte *Großstadtepisoden*, ein Ballett-Musical, dann ein Mini-Musical namens *Sommernachtsträume*. Dazu gibt es Folgendes zu erklären: Dieses Stück bezog sich auf das schöne Ferienheim des Eisenhüttenkombinates, Haus Goor, das es auch war. Haus Goor war das ehemalige Badehaus des Fürsten Malte von Putbus, welches der sich im neunzehnten Jahrhundert erbauen ließ. Jetzt, im ersten Arbeiter- und Bauernstaat, war es gerade die richtige Adresse für diesen Betrieb, einem der größten und mächtigsten Industriebetriebe der DDR! Manchen Lehrgang haben wir in diesem schönen Haus am Strand der Greifswalder Bucht durchgeführt und konnten ahnen, wie die damaligen Grafen und Fürsten dort gelebt haben.

Noch einige andere Produktionen erarbeiteten wir mit unserem bewährten Team, bis uns Manni plötzlich verließ. Wie das so war im Sozialismus, auch ich habe den Grund, weswegen er wegging, nie so richtig erfahren. Es folgten andere Ensembleleiter, die teilweise recht gut zu leiden waren, aber die gewohnte Lockerheit des Umgangs miteinander war nicht mehr vorhanden.

Ich habe zwischenzeitlich erst einmal, da ich ja nun Werktätiger (mit Betriebsausweis) war, Urlaub gemacht, wie es EKO-Mitarbeiter alle taten, und inszenierte meine private Reise mit der Familie gleich nach Bulgarien. Die Fahrt startete im Spätsommer 1972 mit meinem Wartburg-Kombi, beladen mit Frau und zwei Kindern im Alter von sechs Jahren. Dazu kamen noch eine komplette Zeltausrüstung inklusive Gaskocher, Besteckkasten, Schlafsäcke usw. Bis Bratislava sind wir an einem Tag gekommen, dann aber doch zu müde und zu faul, um die Zeltanlage aufzubauen. Also Zimmersuche! Und siehe da, gleich ein Hotel im Stil der ehemaligen Donau-Monarchie gefunden. Als der Portier diensteifrig auf mich zukam, um die Koffer abzunehmen, habe ich peinlich berührt abgelehnt. So etwas kannten wir doch gar nicht. Schlimmer kam es noch, als der gute Mann mir hinterherrief: »Ich will Ihnen doch nur helfen!« Das Ganze obendrein in der schönsten Schwejk-Mundart!

Das Zimmer im Hotel war ein bisschen kahl, bannig hoch und auch recht altmodisch eingerichtet. Aber das Frühstück am nächsten Morgen! Verschiedene wunderbare Teigwaren, wie es sie bei uns schon lange nicht mehr gab.

Die Reise führte weiter über die Grenze nach Ungarn, wo die Puszta im 100 km/h-Tempo zu durchqueren war. Viel gabs da nicht zu sehen, außer ein paar Ziehbrunnen, die uns begleiteten. Aber dann ging es bergan und hinein in die Karpaten, immer flott wie ein Windhund mit meinem 1000 Ccm starken Wartburg Zweitakter gefahren. Nach dem ersten steilen Berg lächelte uns eine Art Hotel an, wo wir sicherheitshalber um Nachtquartier baten. Hat auch geklappt. Einzig und allein die kleine Panne, dass Sohn Conny sein Essen wieder hergab und es ihm nicht so gut ging.

Wir waren jetzt in Rumänien. Am nächsten Tag weiter auf der angezeigten Europastraße 9, die sich nicht in der besten Verfassung zeigte. Sie hatte mehr und mehr Schlaglöcher, wurde immer sandiger und bot links und rechts ein armseliges Dasein im krassen Gegensatz zu den luxuriösen Besitzungen des regierenden Kommunistenchefs dieses Landes. Als ich dann auch noch von der angezeigten Hauptstraße abkam und plötzlich auf irgendeinem verlassenen Sandweg stand, äugten mit den Händen fuchtelnde Kinder in mein Autofenster. Zigeuner, oder wie man heute sagt, Sinti- und Romakinder versuchten mir klarzumachen, dass sie Uhren und Schmuck haben wollten. Ganz wohl war mir dabei nicht, und ich machte mich auf, schnell den nächsten Anschluss an die Hauptstraße zu finden.

Am Ausgang von Rumänien, gleich hinter der Grenze in Bulgarien, liegt der Ort Russe. Den habe ich nicht in guter Erinnerung. Dort musste ich tanken und fragte den Tankwart, ob das, was ich soeben getankt hatte, auch Benzin sei. Der nickte, ich stieg ein und fuhr ab. Gleich hinter Russe stockte mein Motor und verweigerte die Arbeit. Ein Gedankenblitz durchfuhr mich: *Jetzt hast du Diesel getankt.* Ich hatte inzwischen vergessen, dass man in Bulgarien, wenn man »Ja« bedeuten will, mit dem Kopf schüttelt, und für »Nein« nickt. In diesem Fall also ein klares Missverständnis.

Es war späte Mittagszeit, und die Sonne brannte ganz schön in mein Schiebedach. Wat nu? Wie aus der Erde geschossen erschien, gleich neben uns Rat suchenden, ein Mann mit einem großen Schraubenschlüssel. Der machte uns mit Zeichensprache verständlich, dass er sich am Benzintank unseres Wagens betätigen wolle. Er kroch unten rum, schraubte, und plötzlich lief die ganze Dieselbrühe quer über die Straße. Soweit war der Schaden behoben. Ich belohnte ihn mit einigen Lewa. Dafür organisierte er mir dann noch einen jungen Motorradfahrer mit Kanister, der mich als Co-Pilot zur nächsten Tankstelle bugsierte.

Meine Familie hielt sich tapfer. Alles wurde mit Humor ertragen, sodass wir noch abends, schon im Dunkeln, auf dem Zeltplatz in

Pomorie nahe der Grenze zur Türkei ankamen. Allerdings fing es dort an zu regnen. Der Zeltaufbau ließ sich in gebotener Eile nur mit kollektivem Einsatz von Zeltplatznachbarn schaffen.

Das Zeltplatzleben am Strand des Schwarzen Meeres bot uns ganz neue Eindrücke. So etwas hatten wir noch nie mitgemacht, obwohl diese Art, den Urlaub zu verbringen, für viele DDR-Urlauber schon die Regelmäßigkeit war. Meine beiden Jungs, immer im schicken Look gekleidet, den Opa aus dem Westen spendiert hatte, waren bald die kleinen Lieblinge auf dem Zeltplatz. Als sie einmal von einer alten Oma *entführt* worden waren und wir schon Angst hatten, weil sie nicht wiederkamen, klärte sich das schnell auf. Die Oma wollte nur Schokolade mit den Jungs einkaufen.

Mein persönliches Erlebnis am Strand des Schwarzen Meeres war die Unterhaltung mit einem typisch dunkelhaarigen, arabisch aussehenden Muschelsucher. Er konnte kein Wort Deutsch oder gar Englisch und ich kein Wort Bulgarisch (außer ja und nein) – und dennoch haben wir uns stundenlang (!) in Zeichensprache und per Malen im Sand unterhalten. Hat Spaß gemacht. Völkerverständigung mal auf andere Weise!

Nach neun Tagen starteten wir die Rückfahrt nach Deutschland. Im rumänischen Sibiu (früher Hermannstadt) wurde die erste Pause eingelegt. Hier landeten wir auf einem Campingplatz rumänischer Art, hoch über der Stadt gelegen. Weil an Zeltaufbau nicht mehr gedacht wurde, bestand das Nachtquartier hier aus kleinen Holzhütten mit jeweils zwei strohbedeckten Pritschen. Mit Luftmatratzen und Schlafsäcken ließ es sich aushalten. Am nächsten Morgen klingelte eine rumänische Bäuerin vor der Hütte und bot uns gerade gemolkene, ganz frische Kuhmilch an. Schmeckte gut zum improvisierten Frühstück. Jetzt zog es uns aber zurück nach Hause.

Über Ungarn und die Tschechei schafften wir die nächste Etappe bis ins Erzgebirge. Im Ort Altenberg suchte ich vergebens die berühmte Rodelbahn, die auch im Sommer vereist sein soll. Die habe ich nicht gefunden. Bald fuhren wir dann weiter, und nach gut dreihundert Kilometern erreichten wir unser Zuhause in Schildow. Hatte er doch ganz gut gemacht, unser *Wartburg de Lux* – mein Zweitakter, der nun wieder einmal mehr als dreitausend Kilometer über Berg und Tal mit uns vieren gedüst war.

Mit dem Ensemble des Eisenhüttenkombinates ging es im Jahr 1973 zunächst zu den von der DDR-Regierung hoch und wichtig eingeschätzten Weltjugendspielen nach Berlin. Welch eine Ehre, dass wir, mit dem Staatspreis für Volkskunst erster Klasse ausgezeichneten Ensemble, dort vor internationalem Publikum auftreten durften! Interessante Auftritte hatten wir u. a. im Haus des Lehrers. Ich erinnere mich daran, dass Genosse Markowitsch hinter die Bühne kam, diesem oder jenem Ballettmädchen einen Klaps auf den Po gab und auch sonst seine Freude an der Präsentation *seines* Ensembles hatte.

In den folgenden Jahren erarbeitete ich mit Wolfgang Heidevogel noch einige, zwar unterschiedliche, aber sehr viel Spaß machende und erfolgreiche Produktionen. Hervorzuheben wäre unbedingt das Tanzspiel *Mäuseken Wackelohr*, wofür er, frei nach Hans Fallada, das Drehbuch geschrieben hatte. Ich schaffte mir kurze Zeit vorher ein vierspuriges Tonbandgerät von YAMAHA an und schlug vor, die Musik dafür – erstmalig bei uns – auf Band zu produzieren. Eine kleine instrumentale Besetzung, verstärkt mit Frankfurter Theatermusikern (Flötist und Trompeter), würde die Musik einspielen. Sie musste nun bloß noch komponiert und arrangiert werden. Manfred Schüller, unser Chorleiter, der gerade ein Fernstudium an der Hochschule für Musik in Leipzig absolvierte, übernahm einen Teil der Musik für das Tanzspiel, die andere, größere Hälfte übernahm ich. Unter der Regie von Wolfgang, der Mitwirkung des Kinderballetts, eines Kinderchores und den geeigneten Gesangssolisten, wurde das Ganze ein Riesenerfolg. Mir gefiel es wirklich gut, und es machte mir auch Spaß, wie Katharina Stuht – eigentlich ein Mädchen aus der Ballettgruppe – das *Mäuseken Wackelohr* singenderweise aufs Band brachte. Auch Manfred Schüller beherrschte seinen Gesangspart als *Kater Wichtig* recht beeindruckend.

Außer der musikalischen Leitung spielte ich nun erstmalig den Tonmeister. Es lohnte sich, denn mehrere Theater in Prenzlau, Bernburg und Greifswald übernahmen diese Aufführung mit meiner Tonbandproduktion. Aus heutiger Sicht klingt das alles natürlich etwas rückständig, denn gerade die Studiotechnik ist auf diesem Gebiet erheblich weiterentwickelt worden, und man stellt heutzutage ganz andere Ansprüche qualitativer Art bei solchen Produktionen.

Weil, wie schon erwähnt, alle zwei Jahre Arbeiterfestspiele in der ehemaligen DDR stattfanden, mussten wir, mit dem führenden Volkskunstensemble des Staates immer präsent sein. Dementsprechend hatten wir Programme zu liefern, die Wolfgang Heidevogel sich, meistens der Obrigkeit gefallend, ausdachte und ich die passende Musik lieferte. Da ich nicht alles allein machen wollte, nahm ich meinen Auftraggeber für Arrangements im Verlag *Lied der Zeit*, Rudi Werion, mit ins Boot. Meine Überlegung war auch, dass – wenn ich dem einen Auftrag gebe, für unser nächstes Programm ein paar Kompositionen zu schreiben, die beim EKO bestens bezahlt wurden – ich im Gegenzug auch Aufträge vom Verlag erwarten kann.

An dieser Stelle möchte ich meine Arbeit als Verlags- Arrangeur etwas näher erklären: Zunächst schreibe ich für die Bearbeitung eines Musiktitels eine Partitur. Die Stimmen für die einzelnen Instrumente werden vom Notenschreiber des Verlages auf eine Matrize übernommen, damit sie als Einzelstimmen gedruckt werden können. Das Ganze gebündelt ergibt dann ein sogenanntes Druckarrangement. Der Sinn eines Druckarrangements ist – im Gegensatz zu einem Spezialarrangement – mit diesem Notenmaterial dem Verbraucher (in diesem Fall der Kapelle oder Band) die Möglichkeit zu geben, in unterschiedlichsten Instrumentalbesetzungen spielen zu können. Das ist eigentlich, seitdem mir Günter Klein in den frühen Fünfzigerjahren den Rat gab, meine Spezialstrecke geworden.

Inzwischen ergaben sich für mich einige Verbindungen zu führenden Komponisten, bei denen ich immer mit 10 % Anteilnahme partizipierte, wenn ich ihre Titel als Druckarrangement arrangierte. Wie damals von Günter Klein vorausgesagt, stiegen und stiegen meine AWA-Tantiemen, die mir, als inzwischen freischaffend gewordenem Musiker, ein weiteres Standbein boten. Die Gewerkschaftsleitung des Eisenhüttenkombinates hatte mir mittlerweile klar gemacht, dass sie uns Musiker nicht mehr als »betriebsrelevant« im Angestelltenverhältnis führen dürften und uns stattdessen einen Honorarvertrag anboten.

Rudi W. brachte noch den in der DDR wohl bekanntesten Textmacher Dieter Schneider mit. Auch andere Autoren hatten langsam Lunte gerochen, wo schnell was zu holen war. Und so wurde etwas fabriziert, mit dem ich meine Probleme bekam, am Ende auch was Brauchbares daraus zu machen.

Eine ganze Weile ging das gut, bis zu viele Köche anfingen, den Brei zu verderben. Die nächste Generation sägte an meinem Stuhl. Man ließ sich die tollsten Dinge einfallen, um Umsturzmöglichkeiten zu schaffen. Ein Musiker nach dem anderen wurde krank. Was ich später erfahren konnte: Sie hatten Wettspringen aus dem Fenster der ersten Etage veranstaltet und sich dabei verletzt. Aber nicht nur das. Das Klubhaus der Gewerkschaft entwickelte sich durch die üblen Machenschaften einiger »Damen« aus der Leitung dieses Hauses zu einer Brutstätte für Lügen und Intrigen. Der Optimismus, der Spaß an der Arbeit in diesem Haus war vorbei, und ich kann mich nur noch an die schönen Zeiten meiner Tätigkeit mit dem Volkskunstensemble des EKOs erinnern, als alles mit dem ersten durchschlagenden Erfolg des Programms *Eine Freundschaftsreise* begann.

EINE FREUNDSCHAFTSREISE

Bunte Estrade mit Musik, Tanz und Gesang

Musikalische Leitung und Arrangements	Rolf Hurdelhey
Choreografie	Gisela Stubbe
Einstudierung der Chöre	Manfred Schüller
Bühnenbild	Wolfgang Friedrich
Zusammenstellung und Regie	Wolfgang Heidevogel

Inspizient: Manfred Schüller; **Beleuchtung:** Klaus Bohnenstengel; **Ton:** Manfred Bixelt; **Technische Gesamtleitung:** Fritz Kasimir.

Der Film wurde vom Betriebsfilmstudio des EKO unter Leitung von Karl Jakob hergestellt.

Die Bandaufnahmen wurden mit freundlicher Hilfe von Radio DDR und den Sprechern G. Schröder und W. Becher produziert.

Premiere: 17. Mai 1969, 19.30 Uhr, Klubhaus der Gewerkschaft, Eisenhüttenstadt.

Abbildung 30: Anzeige Freundschaftsreise

Andere Inszenierungen folgten: *Großstadtepisoden*, ein Ballett-Musical, *Göttliche Komödie*, ein Lustspiel mit Musik, *Unser Land ist heute Jubilar*, eine bunte Estrade. Und dann muss auch noch an die vielen schönen Reisen mit dem Ensemble erinnert werden. Zweimal ging es nach Witebsk im heutigen Weißrussland, auch in die jetzige Slowakei, Ungarn und Polen. Allerdings waren es immer nur Reisen in östlicher Richtung!

Ich hatte auch andere, schöne Erlebnisse in diesem Kulturhaus, z. B. als ein internationales Tanzturnier veranstaltet wurde und ich mit meiner Hausband die musikalische Begleitung zu den Darbietungen des Weltmeisters für Standardtänze übernahm. Oder als eine Sendung des Deutschlandsenders mit dem großen Tanzstreichorchester unter der Leitung meines guten Bekannten Jürgen Hermann live ausgestrahlt wurde und ich darin mit meinem Sopran-Saxofon-Solo mitwirkte. Weil das EKO Geld genug hatte, wurden oft bekannte und beliebte Künstler engagiert, die ihre Programme abspielten und wir die musikalische Begleitung zu übernehmen hatten. Auch meinen guten Bekannten aus Ahrenshooper Zeit, Herbert Roth, habe ich im Schuppen getroffen, und es gab ein fröhliches Hallo bei unserem Wiedersehen.

Mit Wolfgang Heidevogel hatte ich noch ein schönes Erlebnis. Er übernahm als Gastregisseur am Stadttheater in Zwickau die Regie der deutschsprachigen Erstaufführung eines Theaterstückes *Stadt im Morgenrot*, eine romantische Chronik von Alexej Arbusow. Die dafür einzurichtende Musik übertrug er mir. Zur Premiere des Stückes wurden ich und meine Frau eingeladen und erlebten dort einen triumphalen Erfolg.

Am 30. September 1978 endete mein Honorarvertrag mit dem Eisenhüttenkombinat. Man hatte mir gekündigt. Zu oft hatte ich mich nicht an die Vorgaben der Klubhausleitung gehalten. Mit dem sogenannten Führungszeugnis, das man mir gemäß Arbeitsrecht ausstellen musste, erklärte ich mich nicht einverstanden und legte beim zuständigen Kreisgericht Widerspruch ein. Es kam relativ kurzfristig zur Verhandlung und ich gewann meinen Prozess. Die Gewerkschaftsleitung des EKO ließ sich das nicht gefallen und legte ihrerseits Widerspruch ein. Es kam, eine Stufe höher, beim Bezirksarbeitsgericht erneut zur Verhandlung, und ich kriegte meine moralische Backpfeife, indem ich diesen Prozess verlor.

Vergessen hätte ich beinahe, dass es im Jahr 1978 doch noch etwas ganz Wichtiges nachzutragen gibt. Ich durfte im März, siebzehn Jahre nach dem Mauerbau, zum ersten Mal nach Berlin-West »reisen«. Eine Nachbarin meiner Mutter hatte einem Arzt im Charlottenburger Hildegard-Krankenhaus, wo meine Mutter mit Herzbeschwerden eingezogen war, klar gemacht, dass der einzige Sohn im Osten wohnt und sein Besuch bei der Mutter nur mithilfe eines Telegramms, das Lebensgefahr aussagt, möglich sei. Das haben die auch prima hinbekommen. Jetzt erreichte ich endlich, nachdem meine Anträge Jahr für Jahr abgelehnt worden waren, die Erlaubnis, meine Mutter für die Dauer einer Woche zu besuchen.

Ein seltsames Gefühl, nach 17 Jahren wieder mal dort zu sein, wo ich 1927 geboren wurde, wo ich zur Schule und zum Gymnasium gegangen bin, wo aber kein einziger Stein mehr von unserem Wohnhaus in der Katharinenstraße zu finden war.

Meine Mutter lag zwar im Krankenhaus, war gottlob gar nicht so krank, sodass ich ganz glücklich diese Tage in anderer Luft, aber doch altgewohnter Umgebung verbringen konnte. Mulle, wie wir sie immer nannten, verriet mir ihr Versteck, wo die Rente im Wohnzimmerbuffet zu finden war, und überließ mir freie Verfügung darüber. So gut gings mir lange nicht! Ich kam auf die Idee, die Einladung eines Vetters von Evchen zu befolgen. Der wohnte aber in Bremen.

In der neuen Kantstraße, wo auch meine Mutter ihre Wohnung hatte, befand sich ein Reisebüro. Die Buchung für einen Flug nach Bremen war kein Problem. Mein Flug sollte am nächsten Morgen um 9 Uhr starten. Dafür musste ich pünklichst eine Stunde früher am Flughafen Tegel sein, um die entsprechenden Kontrollen zu passieren. Ich hatte eine Taxe für 7 Uhr bestellt und konnte die ganze Nacht vorher vor Aufregung kaum schlafen. So klein kariert war man als eingemauerter DDR-Mensch geworden!

Der Polizeischalter im Flughafen schaffte, nach Vorlage meines DDR-Ausweises, ein paar Verzögerungen. Mein erster Gedanke: Jetzt hat die Spionage alles mitbekommen (meine »Reise« war ja nur nach Berlin-West genehmigt worden), und ich werde in Zukunft Schwierigkeiten bei der Genehmigung für den nächsten Ausflug nach Westen bekommen. Dann haben sie mich aber doch durchgelassen. Egal, ich besuchte Vetter Hanne Vorbeck und seine Frau in Bremen für zwei Tage und wurde dort von morgens bis abends mit Bommes, einem Begrüßungsschnaps (Bommerlunder), überall herumgereicht. Als Krönung meines Besuches führte mich Vetter Hanne dann auch noch zu Werder-Bremen ins Weserstadion. Und nach zwei Tagen war ich glücklich, als ich beim Anflug nach Tegel die Havelseen mit dem Kaiser-Wilhelm-Turm und das Olympiastadion von oben sehen konnte. Ins Olympiastadion bin ich in diesen Tagen auch noch gekommen. Und so trat ich, ohne meine Mutter im Krankenhaus vernachlässigt zu haben, nach einer Woche wieder meine Heimreise mit der S-Bahn über den Tränenpalast im Berliner Bahnhof Friedrichstraße nach Schildow an.

Ein neues Tor öffnete sich mir plötzlich, nachdem meine Zelte in Eisenhüttenstadt endgültig abgebrochen waren. In Frankfurt an der Oder beim dortigen Halbleiterwerk, wo man seit Jahren bemüht war, auch ein Volkskunstensemble auf die Beine zu stellen, hatte sich wohl herumgesprochen, dass ich nicht mehr beim Eisenhüttenkombinat tätig war. Wolfgang Jost hieß der Mann, der als Ensembleleiter vom Halbleiterwerk auf mich zukam und mir offenherzig gestand, dass sie in Frankfurt seit vier Jahren an einem Programm herumbastelten, aber ein Endergebnis immer noch nicht zu erwarten sei. Helfende Hand ward also geboten! Ich sagte zu und war auch froh, dass ich auf diese Art und Weise wieder einen unbefristeten Honorarvertrag bekommen konnte. Der würde mir die Höchstgrenze von 600 Mark für die Eintragung in mein SV-Buch wieder sichern. Das hatte den Sinn, dass ich später ein paar Mark Ostrente bekommen würde. Wie 1989 alles ganz anders kam, konnte damals keiner ahnen. Aber für einen Steinbock, der ich nun mal bin, geht das Leben sowieso immer weiter.

Schon lange hatte man neidisch nach Hüttenstadt geblinzelt, weil dort die Kultur funktionierte und man selbst in dieser Hinsicht nichts richtig auf die Beine bekam. Mich zu holen schien den Leuten vom Halbleiterwerk das richtige Rezept zu sein.

Vertrauen ehrt! Ich wollte gleich mit Volldampf loslegen: Pustekuchen! Da war eine gewisse Fanny S., die mit Rückenwind der SED-Bezirksleitung ihre Vormachtstellung durch mich bedroht sah. Unter allen Umständen wollte sie verhindern, dass in Frankfurt ein ähnlich modernes Ensemble entstehen sollte, wie ich es in Hüttenstadt geformt hatte. Es entwickelte sich ein primitiver, kleindenkender Kampf, der mir schnell die Laune verdarb. Glücklicherweise hatte ich aber bald die Unterstützung der Werksleitung und schaffte es, innerhalb weniger Wochen ein komplettes vorzeigefähiges Programm zu zimmern. *Eine*

Freundschaftsreise hieß es wieder mal. Schon kurze Zeit nach der Premiere wurden wir mit dem Ensemble zu Freunden in die Sowjetunion, genauer gesagt wieder nach Witebsk, auf die Reise geschickt. Obwohl die Frau Fanny und irgendein abgedankter Sänger vom Frankfurter Theater, der eine FDJ-Singegruppe krampfhaft im Betrieb hielt, immer weiter gegen mich Giftpfeile abschossen, konnte ich meine Arbeit ungestört fortsetzen und neue Ideen aufbereiten.

Die Arbeit in Frankfurt/Oder war mit der in Eisenhüttenstadt nicht zu vergleichen. Erstens verfügte das Halbleiterwerk noch nicht über eigenes Klubhaus, zweitens gab es keine ständig zur Verfügung stehenden Musiker, sondern Profis aus dem Theaterorchester, die nur kurzfristig engagiert wurden und das Begleitorchester darstellten. Für alle Gesamtproben musste ein Saal angemietet werden. Die Chor- und Tanzgruppen hatten sich ihre eigenen Übungsstätten in der Stadt gesucht. Wenn ich nicht einen ganz kleinen Stamm meiner Mitstreiter vom EKO mitgebracht hätte, wäre der Laden sehr wahrscheinlich gar nicht erst ins Rollen gekommen.

Nach vielem Hickhack tauchte im Halbleiterwerk ein gewisser Klaus B. auf, den man mir als neuen Ensembleleiter vorstellte. Seinem äußerlichen Erscheinungsbild nach war ich zunächst sehr skeptisch, aber langsam gewöhnten wir uns aneinander. Er schob mich quasi vorwärts und immer wieder vorwärts. Dazu gehörten z. B. auch Auftritte mit einer kleineren Besetzung in politisch hoch angesiedelten Kreisen. Ich erinnere an eine besonders brisante Situation: Wir traten im Erholungsheim des Ministerrates der DDR in Storkow auf und spielten mit unserer Combo anschließend zum Tanz auf. In unserer Besetzung wirkten auch zwei polnische Kollegen vom Frankfurter Theater mit. Weil zu dieser Zeit gerade die Solidarnosz-Bewegung am Kochen war, empörte sich der Parteisekretär dieser Firma: »Die müsste man alle vergasen.« Zu seiner Entschuldigung: Der Mann war stockbetrunken!

Am 10. Januar 1987 bekam ich einen Anruf aus West-Berlin: Das Alten- und Pflegeheim in Mariendorf teilte mir mit, dass meine Mutter, die am 11. Februar 92 Jahre alt geworden wäre, gerade friedlich gestorben sei. Wir mussten leider damit rechnen, denn Mulle befand sich schon lange in einem schlechten gesundheitlichen Zustand. Die Benachrichtigung kamen leider zu spät, deshalb konnte ich, nach den üblichen Genehmigungsverfahren, meine Einreise nach Berlin-West erst eine Woche später antreten, um dort mit einer Bestattungsfirma zu besprechen, dass die Urne meiner Mutter, zusammen mit der exhumierten Urne meines Vaters, nach Schildow überführt werden soll. Das hat dann auch nach relativ kurzer Zeit ganz gut funktioniert.

Meine Mutter war die Letzte der vorangegangenen Generation, weshalb ich mir gleich bewusstwurde, dass ich nun der Letzte meiner Generation in der Familie war. Mulle, unsere liebe, gutmütige, auch sehr tierliebende Mutter und Oma, konnte immer noch so schön Auskunft über Vergangenes in der Familie Hieronymus-Jäschke geben. Später ergab sich dann noch die kuriose Situation, als ein Möbelwagen in der Schildower Behrensstraße 11 vorfuhr und ihr Nachlass entladen wurde. Viel war es nicht: Ein kleiner Fernsehapparat, eine kleine Tischlampe und eine dick gefüllte Aktentasche, in der sich allerdings viel, sehr viel Post von uns allen an uns alle befand. Dieser Fundus an Bildern und Briefen bildete auch die Grundlage für Recherchen zum Anfang meines Buchs. Die zwei Urnen meiner Eltern kamen erst später mit der Post. Bald danach wurden sie im kleinen Kreis der Familie auf dem Friedhof in Schildow beerdigt.

*

Die Entwicklung des Frankfurter Ensembles nahm mehr und mehr Fahrt auf. Wir wurden auch für Arbeiter-Festspiele nominiert. Und allesamt waren wir jetzt glücklich und zufrieden, dass Frankfurt dem EKO Konkurrenz machen konnte.

An dieser Stelle muss ich einflechten, dass mein neuer Ensembleleiter mir gestand, ein Stasi-Mann gewesen zu sein. Wer die Spielregeln in der DDR mit Löffeln gegessen hat, weiß, dass solch ein Status nie ausgelöscht wurde und daher beim Umgang mit diesen Menschen immer Vorsicht geboten war.

Weil der Erfolg da war, schien man mir zu vertrauen, und ich konnte meine Vorstellungen nach und nach durchsetzen. Ähnlich wie beim EKO wurde das Unternehmen Volkskunstensemble immer mehr hochgeschaukelt. Deshalb kam es auch zu mehr oder minder geheimnisvollen Einsätzen des Ensembles, die nur vertrauensvollen Personen des Staates vorbehalten waren. Natürlich mit einem Aufseher, unserem Ensembleleiter Klaus B., den wir ja sowieso immer dabeihatten. Der zweite Aufseher war wohl unser Musiker Egon H. am Schlagzeug. Der schien auch was mit der Firma »Horch und Guck« zu tun zu haben. Einmal wurden wir auch eingesetzt, als eine Abordnung des Staates Äthiopien zu Besuch im Bezirk Frankfurt/Oder war. Im Haus am See bei Eberswalde, wo das Event stattfand, sollten wir mit einem Programm und anschließendem Tanz die hohen Herrschaften unterhalten. Ein Funktionär der Frankfurter Bezirksleitung der SED, Egon Fischer hieß der Mann, war uns als zusätzliche Begleitperson zugeteilt worden. Als der hörte, wie ich gerade meine Ansage mit meinem gelernten Schulenglisch zusammenstoppelte und wir einen Song in englischer Sprache intonierten, bekam er beinahe einen Nervenzusammenbruch! Die Situation erfuhr aber schnell eine Deeskalation, als ein Oberfunktionär feststellte, wie gut ich das mit der Ansage gemacht hätte, weil sie (seine Oberfunktionäre) sich auch nur englisch oder mit Dolmetscher den Gästen gegenüber verständigen konnten.

Als unser Ensembleleiter Klaus B. durch seine Verbindung mit der »Firma« eine andere Persönlichkeit seines Umfeldes ins Spiel brachte, bekamen unsere Aufträge einen noch delikateren Beigeschmack. Diese Aufträge, Angehörige der »Firma« nach ihrer ach so schweren Arbeit zu belustigen, wurden wiederum durch einen dortigen Mitarbeiter höheren Ranges, Knut B., gemanagt. Der war sicher ein Offizier der Stasi gewesen und dabei ein fast gut zu leidender Mensch. Er gab sich sehr locker, konnte ganz gut Klavier spielen und wurde von mir auch noch im Fernsehen als Ringrichter beim Boxen entdeckt. Durch Knut wurden wir sozusagen hinter die Kulissen der Firma geführt und stellten fest, dass diese Menschen gar nicht lachten oder gar lustig sein konnten. Mit der Dauer dieser Zusammenarbeit übertrug man uns auch die *ehrenvolle* Aufgabe, eine Geburtstagsfeier des für den Bezirk Frankfurt/Oder zuständigen Politbüromitgliedes Horst Dohlus auszurichten. Da mussten wir vor Betreten des Lokals unsere Personalausweise abgeben, wie das für Leute, die nicht zu ihren Kreisen gehörten, üblich war. Ihm, dem Oberbonzen Horst Dohlus, schien unsere Musik gut gefallen zu haben. Deshalb engagierte er uns auch für die Hochzeitsfeier seiner Tochter. Diese Feier verlief sehr entspannt. Allerdings waren wir verblüfft, als die Tochter bemerkte, dass sich unser Aufpasser Klaus B. nicht so offensichtlich präsentieren solle, weil er ihr damit die Laune verderben würde.

Hatte ich mir schon in den vergangenen Jahren mit meiner Familie diese oder jene schöne Reise geleistet, so wollte es der Zufall, dass ich mit Evchen eine der so sehr begehrten Wolga-Kreuzfahrtreisen ergattern konnte. Sie hatte sich dafür schon morgens um 5 Uhr beim Reisebüro in Berlin-Mitte angestellt.

In Rostow am Don, wohin wir flogen, ging es los. Dann den Don mit diversen Schleusen entlang. Alle im Zuckerbäckerstil (von Stalin gebaut und mit Monumenten der siegreichen Sowjetmacht ausstaffiert) und schon reichlich angeknabbert. Danach in die Wolga. Wegen den vielen Stauseen nicht viel Fluss zu sehen. Unterwegs ein paar Mal Halt. Höhepunkte der Studienreise: die Besichtigung des Geburtshauses von Lenin und die Ersteigung des Berges zum Stalingraddenkmal. Nach einigen weiteren Haltepunkten: Ankunft in Kasan, Blaskapelle zur Begrüßung und der Eindruck, dass man schon an einem etwas anderen Teil unserer Weltkugel angekommen war. Mit dem Flugzeug auf Umwegen über Moskau und Riga wieder nach Berlin-Schönefeld.

Eine sterile Reise wars. Das Personal des Schiffes machte den Eindruck, dass Fraternisierungsverbot herrschte. Aber das Schiff, in der DDR gebaut (wahrscheinlich als Reparationsleistung) – allererste Wahl; genauso gut war der Service an Bord.

Wie ich es schon beim Ensemble in Eisenhüttenstadt gemacht hatte, habe ich auch beim Halbleiterwerk in Frankfurt/Oder diesen oder jenen namhaften Künstler oder Autor zur Programmerstellung eingeschleust. Auf der Suche nach einem geeigneten Regisseur wurde uns Herr Renner empfohlen, Parteisekretär der freischaffenden Künstler im Bezirk Frankfurt/Oder und der x-te Ehemann von Frau Dagmar Frederic. Um ihn zu treffen, fuhr ich mit einer Abordnung des Halbleiterwerkes, Abteilung Kultur, nach Woltersdorf bei Berlin, wo der Herr zusammen mit Frau Renner (alias Frederic) wohnte. Während sie für uns geflissentlich Kaffee kochte, zeigte er uns großspurig sein Haus mit Swimmingpool und (natürlich!) Gegenstromanlage.

Als er uns auch noch seinen Volvo vorstellte (den er bzw. sie vom Staat, wie alle bevorzugten Künstler der DDR, zugewiesen bekommen hatte) und auf meinen stinkenden Wartburg hinwies, ahnte ich, was kommen würde. Der Herr forderte für die Regieübernahme eines Ensemble-Programms runde 25.000 Mark. Damit lag er nach meinen bisherigen Erfahrungen in der Spitzengruppe der Schnellverdiener. Seine spätere Leistung, und das daraus folgende Ergebnis stand in keinem Verhältnis zu dem, was ich von Wolfgang Heidevogel beim Eisenhüttenkombinat kannte.

Immerhin hatte Herr Renner die Idee für das Programm *G-Schicht-Wechsel*. Dafür wurde vom Halbleiterwerk wirklich großer Aufwand betrieben. Unser Ensembleleiter entdeckte seinen Spleen für Lichttechnik. Eine riesengroße Lichtbrückenkonstruktion gehörte fortan zum Programm. Mir war es jedes Mal peinlich, wie viel Zeit für den Aufbau dieser wackligen Konstruktion gebraucht wurde, ehe sie funktionierte. Besonders absurd fand ich es, wenn dieser Beleuchtungsapparat am helllichten Tag zum Einsatz kommen sollte.

Abbildung 31: G-Schicht-Wechsel

Abbildung 32: Halbleiter-Werk Ensemble

Unterhaltungsensemble
des VEB Halbleiterwerk Frankfurt (Oder)
Betrieb im VEB Kombinat Mikroelektronik
Abteilung Kultur
Telefon: 4 23 32/4 20 90
Ensembleleiter: Klaus-Dibrah Bonk
Künstlerischer Leiter: Rolf Hundelhey
DDR - 1200 Frankfurt (Oder)

PSF: 379, Telex: 016 252
016 253

Abbildung 33: Impressum

Rudi Werion – das war seit langer Zeit mein Auftraggeber beim Musikverlag *Lied der Zeit* – hatte inzwischen politische Karriere gemacht und
war Volkskammermitglied geworden. Der zog bei seiner Vorstellung

eines neuen Programms für die Arbeiterfestspiele 1988 eine groteske, selbstherrliche Schau ab. Nachdem er seinem vom Staat fast geschenkten Volvo entstiegen war, verkündete er – angezogen mit einem weißen Rollkragenpullover – unglaubliche Verbindungen zur DDR-Obrigkeit, die selbst für die Bezirksfunktionäre in Frankfurt das Maß des Erträglichen überstiegen. Weil ich aber auf die schönen Einkünfte durch die vielen Arrangementaufträge bei *Lied der Zeit* nicht verzichten wollte, schlug ich mich auf Rudis Seite. Die Folge: Einige meiner Widersacher in der Ensembleleitung hatten das lange gesuchte Fressen gefunden! Wieder mal war mein Honorarvertrag mit den für 600 Mark eingezahlten Versicherungsbeiträgen in Gefahr. Als dann auch noch der Parteisekretär des Werkes Vorschläge zur Programmgestaltung machte, mir dafür einen Maßnahmeplan zur Unterschrift vorlegte, den ich mich weigerte zu unterschreiben, wurde mir, ähnlich wie beim EKO, mein Honorarvertrag gekündigt. Einige Ensemblemitglieder hielten treu zu mir. So fiel mir der Abschied von dieser zur »Gefahrenklasse 1« gehörenden Spielvereinigung ohnehin nicht schwer. Jetzt konnten wir in verkleinerter Form musikalisch weitermachen. Und wie es kommen musste, bekam ich gleich darauf auch noch ein neues Angebot.

Beim Berliner Musikverlag *Lied der Zeit* wurde ein Lektor gesucht, weil sich der langjährige Mitarbeiter, Werner Gorges, mit Absprunggedanken trug. Ruckzuck willigte ich ein und bekam auch sofort einen Anstellungsvertrag als Lektor für Band-Ausgaben. Das sind zusammengestellte Musikstücke mit Noten, die als gebundenes Album veröffentlicht werden und oft auch als Exportware für die DDR dienten. Voraussetzung für die Tätigkeit in solch einer Position, zumal sie dem Ministerium für Kultur angeschlossen war, sollte ein Hochschulabschluss sein. Den konnte ich nicht nachweisen, ich hatte nur, wegen der Kriegszeit, ein sogenanntes Not-Abitur. Trotzdem war man wohl froh, in mir einen praxiserfahrenen Fachmann gefunden zu haben, der wirklich knifflige Aufgaben in der Verlagsarbeit übernehmen konnte.

Werner Gorges, der nun doch blieb, war, obwohl er politisch anders dachte als ich, ein besonders netter Kollege. Wie er, so waren auch die anderen Kollegen in ihrer Branche jeweils besonders kompetente Personen. Ich befand mich jetzt wieder im Angestelltenverhältnis, was ich auch beabsichtigt hatte. Meine Arbeitszeiten konnte ich selbst bestimmen. Das hatte ich zur Bedingung gemacht. Ich wollte quasi projektbezogen arbeiten, und das machte sogar Spaß. Viele Bandausgaben habe ich entwickelt und mithilfe von guten Grafikern bis zum Druck bearbeitet. Einige davon dienten sogar als Exportware ins westliche Ausland.

Abbildung 34: Für den Solisten Klarinette

Abbildung 35: Traditionals

Abbildung 36: Chansons

Im Jahr 1988 fing es in der DDR offen zu brodeln an. Nur wenige meiner Verlagskollegen engagierten sich politisch und hörten auf die Stimmen des *Neuen Forums* oder beteiligten sich an den immer mehr werdenden Montagsdemonstrationen. Man musste sich überlegen, mit wem man offen über die aktuelle Situation reden konnte.

Im November 1989 war es dann so weit, dass die Berliner Mauer fiel und auch ich mit meiner Familie endlich wieder Westberliner Boden betreten durfte.

Mauerfall / Nachwendezeit

Am Abend des 09. November 1989 machten wir Musik mit unserer Band *NOVA-Plus*. Als wir zurück in unsere Unterkunft in Brieskow-Finkenheerd kamen, sahen wir völlig überrascht, erfreut und verwundert die Bilder im Fernsehen und hörten, wie die Reporter vom Fall der Mauer in Berlin berichteten. Mich selbst von dem Unglaublichen zu überzeugen, unternahm ich dann erst am nächsten Morgen. Was würde für mich, der ich ja noch im Angestelltenverhältnis bei *Lied der Zeit* war, die praktische Musik nur nebenbei machte und ansonsten meine unterschiedlichsten Arrangementsaufträge hatte, die sich anbahnende neue Entwicklung bedeuten?

Es zeichnete sich ab, dass ein Teil der DDR-Bevölkerung – man bedenke, dass die führende Partei SED 2,3 Millionen Mitglieder hatte – nur für die Verbesserung des Sozialismus in der DDR kämpfen würde. Von einer Wiedervereinigung Deutschlands war noch keine Rede.

Der erste Juli 1990 brachte die entscheidende Wende. Jetzt, als unsere blecherne DDR-Mark in harte D-Mark getauscht wurde, änderten sich die Verhältnisse auch in meinem Umfeld schlagartig. Im Musikverlag *Lied der Zeit* hatte man fortan mit dem Vertrieb der Produktionen große Schwierigkeiten. In der DDR wurden die Papierwaren-Erzeugnisse mit riesengroßen Subventionen vom Staat bereitgestellt, was natürlich mit Einführung der D-Mark so nicht weitergehen würde. Wir waren im Verlag so naiv, mit unseren Autos privat nach Westdeutschland fahren zu wollen, um bei den Musikalienhändlern unsere wahrlich nicht schlechten Bandproduktionen an den Mann zu bringen, ließen aber dann schnell von dieser Idee ab, als wir merkten, wie der Hase in der freien Marktwirtschaft läuft. Weil der Verlag *Lied der Zeit* für 'nen Appel und 'n Ei an einen Verlag in Hamburg über die Treuhand verkauft wurde, erhielten die Mitarbeiter, bis auf einen ganz kleinen unvermeidbaren Stamm, ihre Kündigung. Das bedeutete auch für mich das Aus in dieser Tätigkeit. Mit unserer praktischen Musik erlebten wir, wie fast alle freischaffenden Künstler in der DDR, den Fall ins Ungewisse. Wo hier und da der Versuch unternommen wurde, Veranstaltungen für Vergnügungen unterschiedlichster Art aufzuziehen, erlebten die Veranstalter wegen Mangel an Besuchern ihre Pleiten. Jetzt wurde Geld anstatt für Vergnügungen für Autos, Bananen, Schokolade und Reisen in die westliche Welt ausgegeben.

Als freischaffender Musiker, der ich mich immer gefühlt habe, mit dem Kopf im Westen und mit den Füßen im Osten zu leben, führte ich ein differenziertes Dasein im Arbeiter- und Bauernstaat. Da hatten diejenigen das Sagen, die in erster Linie nur an sich und ihr Wohlbefinden dachten – oft mit Billigung und Unterstützung der SED –, und gerade das löste bei mir großen Frust aus! Jetzt konnte ich mit Evchen viele Einladungen zu Verwandten von ihr (von meinen Verwandten lebte leider kaum noch jemand) wahrnehmen. Es ging nach Köln, Hamburg, Bremen, Lüneburg, Marburg, Rendsburg und Villingen-Schwenningen. Überall wurden wir mit großer Herzlichkeit empfangen und aufgenommen. Weil wir dort fast nur auf den im Lauf der Jahrzehnte entstandenen Wohlstand trafen, wurde mir schnell klar, welch ein riesengroßer Unterschied im Lebensstandard zwischen Ost- und Westdeutschland bestand und wie schwierig es werden würde, diese grundverschiedenen Systeme auf einen Nenner zu bringen.

Bevor 1990 bei *Lied der Zeit* die Lichter ausgingen, hatte ich dort noch die Verbindung zu einem Musikverlag in der Schweiz aufgenommen. Jac Säuberli suchte für seine Kompositionen einen Arrangeur. Er fand Gefallen an meinem Vorschlag, Orchesternoten-Ausgaben herzustellen, die sowohl für großes Blasorchester als auch für

Tanzmusikformationen aller Größenordnungen spielbar waren. Diese Unternehmung gipfelte in Einladungen zu seinem Domizil in der Schweiz. Er glaubte, mit seinen Werken die Welt erobern zu können, und ich sollte ihm dabei handwerkliche Hilfestellung leisten. Die in Hochglanz aufgemachten Noten wurden später mit entsprechendem Reklameaufwand für Preise in einer Höhe angeboten, die etwa das 10-fache von dem betrugen, was wir aus der DDR kannten. Folge: Das Unternehmen war dann doch kein Volltreffer. Trotzdem schaffte es Herr Säuberling, die Musik in der Tschechei von einem großen Blasorchester produzieren zu lassen und auf Kassette und CD unter dem Titel »Bärenstark« zu veröffentlichen. In der Schweiz muss seine Musik dann recht gut angekommen sein, denn meine Auslandsabrechnungen bei der GEMA sagen das heute noch aus.

Als Evchen und ich Herrn Säuberli auf dessen Einladung in der Schweiz besuchten, quartierte er uns hoch auf der Alm in einer wunderschönen Almhütte ein. Dort oben vom Geräusch der Kuhglocken geweckt zu werden, war ein Gefühl der besonderen Freiheit, die wir in vollem Ausmaße zu genießen wussten. Herr Säuberli bewohnte ein Haus am Vierwaldstätter See und lud uns dort noch abends zum Fischessen ein. Das Glück für einen, der gerade aus der DDR entlassen wurde, war zu diesem Zeitpunkt perfekt.

Kurze Zeit später musste Herr Säuberli wohl umgezogen sein, denn es folgte eine erneute Einladung. Allerdings in einer recht ungewöhnlichen Form. Er schickte uns eine übergroße Fahrkarte im DIN-A4-Format, auf Pappe gedruckt, gültig für eine Seilbahnfahrt zu seiner neuen Wohnung, ebenfalls an den hohen Ufern des Vierwaldstätter Sees gelegen. Diese Fahrt entfiel dann leider, weil die geschäftlichen Verbindungen beendet waren.

Als großes Glück empfanden viele DDR-Bürger, so auch ich, dass ich mir bald nach dem Währungswechsel ein für unsere damaligen Ansprüche komfortables, schönes Auto kaufen konnte. Der *Nissan Bluebird* war mein neues, etwas größeres Gefährt, um es auch für Kapelleneinsätze verwenden zu können. Mit diesem Auto wurde auch manche Privatreise unternommen. Im Lauf der Jahre führten diese Reisen quer durch unser schönes Deutschland, das wir uns jetzt erst richtig, und zwar von Niebüll bis Kitzbühel oder auch von Görlitz bis Aachen, ansehen konnten.

Abbildung 37: Mit Evchen auf Sylt

Eigentlich hatten all diejenigen, die sich in der DDR nicht besonders wohlfühlten, gehofft, dass nun die absolute politische Wandlung eintreten würde. In meiner Branche, der Unterhaltungskunst, gab es jedoch manche Enttäuschung. Ein Beispiel dafür bot mir die ARD, indem sie alsbald die Sängerin Dagmar Frederic wieder auf den Bildschirm zauberte. Aus meiner Zeit beim Halbleiterwerk kannte ich diese Frau, damals mit bürgerlichem Namen Renner, persönlich. Ich hatte sie in schlechter Erinnerung, weil sie auf der Bühne des Klubhauses »Völkerfreundschaft« in Frankfurt/Oder mit einer roten Fibel in der Hand den 1. Sozialistischen Staat auf deutschem Boden anpries. So ähnlich teilte ich dies der ARD mit und kritisierte, dass man diese Leute schon wieder öffentlich auf den Bildschirm bugsierte. Was ich nicht erwartet hatte, geschah: Die fixen Burschen von der ARD spielten Frau Frederic meinen Brief zu. Spornstraks rief die recht aufgebrachte Künstlerin bei mir an. Sie giftete mich an wie eine Schlange, die lange nichts zu fressen bekommen hatte. Später hat die »Dame« diesen Vorgang in ihrem Buch erwähnt und mich einen mittelmäßigen Musiker geschimpft. Da gabs dann aber gleich wieder Empörungen von mir wohlgesonnenen Musikern, die diese auch über den Äther verbreiteten. Zum Thema Frederic gibt es später noch einiges zu ergänzen.

Bis 1991 spielten wir unter dem Namen *NOVA-Plus* (wie ich auf diese Bezeichnung gekommen bin, weiß ich nicht mehr) mit Wolfgang Ebeling am Keyboard, Lutz Drose als Gitarrist, Rudi Tosch am Schlagzeug, jeweils einem anderen wechselnden Bassisten und den Sängerinnen Katharina Stuht und Ines Weiß. Ich bemühte mich, gleich nach dem Mauerfall Gastspiele jenseits der innerdeutschen Grenze zu organisieren. Bis in die Schweiz sind wir vorgedrungen, waren unter anderem in Villingen-Schwenningen, aber auch in Bad Grund im Harz und natürlich häufig in Westberlin, u. a. direkt vor dem berühmten Schöneberger Rathaus.

Abbildung 38: Band NOVA-Plus 1990

Als wir unser abenteuerliches Gastspiel in der Schweiz gaben, genauer gesagt in Solothurn, wurden wir bestaunt, dass wir tatsächlich als lebende Wesen in die Schweizer Alpen eingeflogen waren. Mit ihrem liebenswerten schwyzerischen Landesdeutsch betatschten die zu fortge-

schrittener Zeit etwas angetrunkenen jungen Burschen unsere Sängerinnen wie Lebewesen von einem anderen Stern. Ein bisschen was
Wahres war wohl schon dran, dass man in diesen entlegenen Regionen
kaum was über das Leben hinter Mauern wusste.

Irgendwie wollte ich nun endlich im Anfall von Euphorie kreativ
werden. Ich sprach Dieter Schneider an, den absolut führenden Schla-
gertexter in der DDR, mit dem ich schon beim EKO zusammengearbeitet hatte, ob wir gemeinsam was auf die Beine stellen wollen. Der willigte sofort ein, weil seine langjährigen Partner, denen er die Schlagertexte
bisher geliefert hatte, nicht aus der Hüfte kämen. Wir haben dann lan-
destypische Lieder fabriziert, die Herr Beierle vom Roba-Verlag Hamburg – der hatte ja *Lied der Zeit* aufgekauft – wohlwollend »inverlag«
nahm und die Produktion einer CD über den Vertrieb von der Fa. Karussell durchsetzte. Mit der Produktion von »1000 Jahre Potsdam«,
erstmals unter dem Namen *Märkischen Musikanten*, war schon mal der
Anfang gemacht.

MÄRKISCHE MUSIKANTEN
1000 Jahre Potsdam

1	**Märkische Musikanten**	
	Rolf Hurdelhey/Dieter Schneider · Roba Music Verlag, Hamburg	3:08
2	**Im Schlaubetal**	
	Rolf Hurdelhey/Dieter Schneider · Roba Music Verlag, Hamburg	3:08
3	**Eine Kremserfahrt**	
	Rolf Hurdelhey · Roba Music Verlag, Hamburg	3:09
4	**Auf der Bollersdorfer Höh**	
	Rolf Hurdelhey/Dieter Schneider · Roba Music Verlag, Hamburg	2:51
5	**Ringsum grün (Ringsum grün ist Berlin)**	
	Rolf Hurdelhey/Dieter Schneider · Roba Music Verlag, Hamburg	3:12
6	**Havelpartie** (instr.)	
	Rolf Hurdelhey · Roba Music Verlag, Hamburg	4:25
7	**Der Alte Fritz ist wieder da**	
	Rolf Petersen/Dieter Schneider · Roba Music Verlag, Hamburg	3:22

8	**Vom Grunewald bis Pankow**	
	Rolf Hurdelhey/Dieter Schneider · Roba Music Verlag, Hamburg	2:57
9	**Schloß Rheinsberg** (instr.)	
	Rolf Hurdelhey · Roba Music Verlag, Hamburg	3:32
10	**Brandenburger Lieder**	
	Rolf Hurdelhey & Rudi Werion · Roba Music Verlag, Hamburg	3:21
11	**Konzert im Kloster Chorin**	
	Wolfram Ebeling/W. Ebeling & D. Schneider · Roba Music Verlag, Hamburg	3:56
12	**Im Wein liegt Wahrheit**	
	Rolf Hurdelhey/Dieter Schneider · Roba Music Verlag, Hamburg	2:50
13	**Laßt doch die Bäume leben**	
	Rolf Hurdelhey/Dieter Schneider · Roba Music Verlag, Hamburg	3:26
14	**Fritze Bollmanns Kinder**	
	(Wir sind alle Fritze Bollmanns Kinder)	
	Andreas Danisch/Dieter Schneider · Roba Music Verlag, Hamburg	2:51

℗ 1993 Karussell Musik & Video GmbH, Hamburg
Arrangements: Rolf Hurdelhey · Gesang & Instrumentalbegleitung:
Die Märkischen Musikanten, Leitung: Rolf Hurdelhey
Aufgenommen im BANDSALAT-Studio,
Markus Hausmann   Coverfoto: Transglobe Agency

Abbildung 39: 1000 Jahre Potsdam CD-Cover und CD-Index

Auf die Bezeichnung unserer Gruppe *Märkische Musikanten* kam ich, weil es sich anbot, die Mark Brandenburg wieder ins Gedächtnis der Menschen zu rufen. Daher auch der erste Titel dieses Albums, der mit der Zeile anfängt:

Märkische Musikanten sind in der Mark zu Haus,
Märkische Musikanten haben den Bogen raus ...

In Frankfurt an der Oder existierte nach wie vor ein Polizeiorchester, mit dem ich schon vor der Wende oftmals durch das Schreiben von Arrangements für diesen Klangkörper Verbindung hatte. Der Partei belastete Leiter wurde abgesetzt, und ein neuer Leiter (der angeblich auch gerade die SED-Parteischule absolviert hatte) übernahm das Orchester und trat wieder in Verbindung mit mir. Diesmal allerdings auf eine andere Art. Dieser neue Leiter mit Namen Jürgen Bludowski wollte zunächst meine Top-Sängerin Katharina für Auftritte seines Orchesters gewinnen, fand aber bald danach die bessere Lösung, unsere ganze Gruppe zu engagieren. Mehrere Einsätze bahnten sich an. Da gab es zunächst eine Direktübertragung aus dem Hörsaal der jetzigen Europa-Universität in Frankfurt Oder in diverse andere Staaten mit internationaler Beteiligung. Wegen des guten Gelingens dieser Zusammenarbeit folgten noch etliche Veranstaltungen mit dem Polizei-Orchester Frankfurt, die uns durch ganz Brandenburg und nach Berlin führten.

In Lübben auf dem Marktplatz hörten mehrere Tausend Menschen unsere von mir arrangierte Version der »Märkischen Heide«. Und mit meiner Komposition »Brandenburger Lieder« hatten wir auch dort das richtige Repertoire gefunden. Ein Konzert des Orchesters im Ernst-Reuther-Saal des Reinickendorfer Rathauses ist mir in besonders guter Erinnerung. Die damalige Bürgermeisterin des Bezirkes Reinickendorf, Frau Wandura, interessierte sich sehr für das Programm unserer Gruppe aus dem Osten, weshalb es noch zu vielen Auftritten in diesem Bezirk Berlins kam. Auf der Freilichtbühne Rehberge trat mit uns gemeinsam in einem Programm der bekannte Sänger Ralph Paulsen auf. Wie es oft vorkam, musste ich auch für ihn den Ton über meine Verstärker-Anlage steuern, eine Aufgabe, die später noch einmal Erwähnung finden wird!

Das Polizeiorchester Frankfurt Oder wurde bald abgewickelt, und wir verloren uns aus den Augen.

Zwischenzeitlich hatte ich die Bekanntschaft mit Gustav Büchsenschütz, dem Komponisten des Liedes »Märkische Heide« gemacht. Das kam so: Ich kannte dieses Lied aus meiner Kinderzeit. Als davon die Rede war, dass die aufgelöste DDR wieder in Länder, so wie es früher war und die Deutsche Bundesrepublik auch heutzutage strukturiert ist, eingeteilt werden würde, setzte sich dann auch bald wieder der Begriff Brandenburg durch. Das Lied »Märkische Heide«, welches auch in der Hitlerzeit gern von den damaligen Jugendverbänden gesungen wurde, war deshalb während der kommunistischen Herrschaftszeit komplett unter den Tisch gefallen. Ältere Menschen erinnerten sich sofort daran. Unter anderem sprach mich Herbert Schirmer, gerade neu gewählter Vorsitzender der CDU in Frankfurt/Oder an, ob ich für die Landesparteigründung der CDU, die im März 1990 in Potsdam stattfinden würde, eine Tonbandaufnahme von der »Märkischen Heide« erstellen könnte. Wie gern übernahm ich diese Aufgabe und brachte mit meinem Vierspur-Tonbandgerät unter Zuhilfenahme von Sängern des Theaters eine Aufnahme zustande. In einer Zeitung hieß es dann: Aus hundert Kehlen erklang das Heimatlied »Märkische Heide, märkischer Sand ...«

Doch zuvor musste ich natürlich Verbindung zu Gustav Büchsenschütz aufnehmen. Die Adresse hatte ich mir aus dem Telefonbuch besorgt. Als ich dort anrief, meldete sich Frau Büchsenschütz. Ich fragte ganz artig, ob wir für den Musikverlag *Lied der Zeit* die Rechte bekommen könnten, besagtes Lied drucken und veröffentlichen zu dürfen. Nach kurzem Hin und Her wusste ich, dass auf diesem Wege nichts zu erreichen war, weil das Copyright an den Siegelverlag in München vergeben wäre. Das länger anhaltende Telefongespräch dehnte sich bis zu der Einladung aus, mit meiner Frau nach Berlin-Steglitz zu kommen. Diese Einladungen wiederholten sich noch mehrmals, bis Gustav Büchsenschütz im Alter von 94 Jahren verstarb.

Über das Subverlagsrecht kam es dann doch noch für unseren Verlag, der zwar schon in den letzten Zügen hing, zu einer gedruckten Orchesternoten-Ausgabe, die ich als Arrangeur bearbeitete. Das Lied, welches die Kultur-Machthaber in der DDR fälschlicherweise verpönten, weil es angeblich ein Hitlerjugend-Lied sei, wurde von Gustav Büchsenschütz 1923 in einer Jugendherberge nördlich von Berlin erdichtet und komponiert. Dort soll es von einer Wandervogelgruppe erstmalig gesungen worden sein. In dem Ort Neu-Vehlefans nahe Kremmen in der Mark steht ein Gedenkstein, der darauf hinweist.

Unsere CD »1000 Jahre Potsdam« habe ich hier und da auch in den Auslagen der Warenhäuser gefunden, allerdings nicht lange, vermutlich, weil das Ereignis nicht mehr von Interesse war. Als ich bei *Karussell* eine Nachbestellung aufgeben wollte, hieß es, der Artikel sei vergriffen. (Der Fahrstuhl lässt grüßen!) Immerhin mit einem anderen Lied – »Brandenburger Lieder« – waren wir im Funk angekommen, bekamen auch Einladungen vom Sender Antenne Brandenburg, um öffentliche Übertragungen mitzumachen, und wurden mit unserer Gruppe *Märkische Musikanten* zur Sendung *Achims Hitparade* eingeladen. Das Lied »Sommer am Helene-See« im Raggy-Rhythmus, wofür mein immer noch mitspielender Keyboarder Wolfram Ebeling den Text gemacht hatte, ist ein Song, der heute noch auf dem Campingplatz am Helenesee zu hören ist und zwischenzeitlich vom RBB (Rundfunk Berlin, Brandenburg) übernommen wurde.

Obwohl ich zu wissen glaubte, womit man in der freien Marktwirtschaft rechnen musste, um gerade in meiner Branche gut über die Runden zu kommen, ergaben sich dennoch andere, neue Situationen, dass man sich zu offerieren hatte bzw. Klinken putzen musste. Bemustern heißt das in der Fachsprache. Dem war jetzt so! Aber gerade das hat mir auch Spaß gemacht. Größtenteils waren meine Bemühungen von Erfolg gekrönt, wir waren mit unserer Gruppe bald wieder recht gut im Geschäft.

Die ersten Erfolge stellten sich ein, als wir von der Ausflugsgaststätte *Waldidyll Klingemühle*, mitten im Naturpark Schlaubetal gelegen, einen Vertrag bekamen, dort jeweils an Wochenenden aufzutreten. Hier musste es sich in Windeseile herumgesprochen haben, wie gut unsere Musik ankam. Man merkte es daran, wie schnell sich ein regelrechtes Fan-Publikum bei unseren Veranstaltungen einstellte. Leider hielt die dortige Geschäftsleitung dem neuen marktwirtschaftlichen Druck nicht lange stand. Obwohl wir den Eindruck hatten, dass der Laden gut florierte, weil die Wochenenden durch überwältigenden Publikumsandrang, auch mit extra gecharterten Omnibussen, die Kassen klingeln ließen, hatten die Manager des Hauses wohl keine glückliche Hand fürs Geschäft.

Ab hier möchte ich noch erwähnen, dass unsere Gruppe seit 1991 nur noch aus vier Personen bestand, denn Wolfram Ebeling, der Keyboarder, hatte uns aus beruflichen Gründen verlassen. Richtig verlassen aber nicht, denn Wolfram, den ich wegen seiner mathematischen Genauigkeit (die er aber auch als studierter Mathematiker ins praktische

Leben umsetzte) besonders schätzte, blieb uns mit seiner Frau Angelika noch bis heute als guter Freund erhalten.

Ausgelöst durch Wolframs Abgang kam ich zu dem Entschluss, mir ein Keyboard anzuschaffen, auf dem ich wichtige, begleitende Passagen eines Musiktitels selbst programmieren und diese dann zum gegebenen Zeitpunkt abrufen konnte. Fachlich ausgedrückt heißt das: Musik-Playbacks machen. In dieses Fach musste ich mich langsam einarbeiten, habe unendlich viel Zeit investiert, aber auch viel von meinem Wissen als Arrangeur profitiert. Erst waren es Disketten, auf denen die mit einzelnen Instrumental-Stimmen Ton für Ton gefertigten Titel gespeichert wurden. Dann, nachdem ich mir das nächste Keyboard mit eingebauter Festplatte gekauft hatte, ging das Abrufen der Songs entsprechend schneller. Um aber klarzustellen: Wir machten keine Playback-Musik, wie sie uns tagtäglich im Fernsehen vorgeführt wird, sondern wir spielten im sogenannten Halb-Playback-Verfahren. Unser Gesang und meine instrumentalen solistischen Darbietungen waren immer live. Manchmal ergab sich aber auch die Situation, dass spontan auf Wünsche von Gästen reagiert werden musste. Dann konnte ich natürlich mein Keyboard direkt klingen lassen.

Von Hause aus bin ich ja eigentlich ein Saxofonist mit dem Nebeninstrument Klarinette. Über Jahre hinweg habe ich das Blasen dieser Instrumente sträflich vernachlässigt. Bläser aller Kategorien werden mir bestätigen, wie schwer es ist, nach langen Pausen wieder den richtigen Ansatz zu finden. Diese Bezeichnung bezieht sich hauptsächlich auf das Training der Lippenmuskulatur. Ich hab es dennoch gewagt und nach zehn Jahren Bläserpause das Training wieder aufgenommen. Meine Bemühungen haben sich gelohnt. Mit dem Vortrag weltbekannter Titel, wie *Petite Fleur, Stranger on the shore* oder dem *Wildcat-Blues* und vielen weiteren Soli hatte ich meine persönlichen Erfolge. Mein Saxofon bekam ein eigenes Mikrofon, und schon konnte ich blasenderweise durch den Saal laufen. Das machte beim Publikum besonderen Eindruck, weil sich kaum ein Instrumentalsolist auf diese Weise ins Publikum traut. Von Jahr zu Jahr habe ich mich warmgeblasen und immer mehr Spaß an der Freude gehabt. Mehrere CDs mit meinen Bläserkünsten sind noch entstanden, aber nur für Freunde und Bekannte gedacht. Solche, die der derzeitigen Rockhysterie entfliehen wollen und, so wie ich, für schöne, wohlklingende Musik ein offenes Ohr haben.

Mit Kurt Schiller, dem Leiter einer Gruppe vom Vertriebenenverband aus Berlin, lernten wir einen neuen Freund kennen, der uns regelmäßig zu den vielen Veranstaltungen eingeladen hat. In allen Teilen West-Berlins schlug er mit uns seine Zelte auf, landete aber dann doch über eine Zeitdauer von mehr als zehn Jahren im Ratskeller des Charlottenburger Rathauses. Mehrmals unternahmen wir mit ihm und dem Heimatkreis Meseritz eine mehrtägige Reise in die alte Heimat. Die lag etwa 80 Kilometer weit östlich von Frankfurt/Oder im ehemaligen Kreis Meseritz. Erstaunlich, wie gelassen seine Mitglieder, nach damals teilweise schlimmen Erlebnissen, die heutige Situation akzeptierten. Kurt Schiller hat uns leider kurz vor seinem 90. Lebensjahr verlassen. Sein Sozius und Nachfolger Nicky, auch ein guter Freund, folgte ihm bald nach. Unsere Verbindung zu den Meseritzern verebbte danach langsam.

Abbildung 40: Mit Kurt Schiller

Eine andere, langjährige, man kann sagen auch freundschaftliche, Verbindung tat sich so um 1995 auf, als Arnold Jürgensen aus Dänemark plötzlich vor meiner Tür stand. Er stellte sich vor als Vertreter eines deutschen Schützenvereins in Nordschleswig/Dänemark. Jetzt war er mit der Vollmacht der deutschen Regional-Vertretung in Dänemark ausgestattet, Musik für den Tag der Deutschen zu organisieren. Im November 1995 folgten wir erstmalig einer Einladung nach Appenrade, wo man uns herzlich willkommen hieß. In einer riesigen Turnhalle in

Tingleff, in der die eigentliche Festveranstaltung stattfand, schmetterte die Masse Mensch nach unserer Musik die »Märkische Heide«! Arnold hatte uns angekündigt, dass dieses Lied auch bei ihnen bekannt und beliebt sei.

Abbildung 41: Mit Arnold Jürgensen

Bei dieser Veranstaltung hielt auch der ehemalige Innenminister des Landes Sachsen, Heinz Eggert, eine flammende Rede, in der er die misslichen sozialistisch geprägten Zustände in der damaligen DDR ansprach. Ich musste ihm spontan die Hand schütteln. Heinz Eggert habe ich im September 2004 wiedergetroffen, als er auf dem Marktplatz in Zittau Wahlkampf machte. Nach einem kurzen Gespräch mit Wiedersehens-Freude gab er schnell seinem Helfer meinen Fotoapparat, um dieses Foto zu schießen!

Abbildung 42: Mit Minister Heinz Eggert

Wenn wir jeweils im November die kalte Ostseeluft schnupperten, um unsere dänischen-deutschen Schützenfreunde zu besuchen, wurden wir im Laufe der Jahre in verschiedene Orte Nord-Schleswigs herumge- reicht. Eine Veranstaltung habe ich in besonders guter Erinnerung, weshalb dieses Dankschreiben gern vorgezeigt werden kann.

Lügumkloster, d. 3. 11. 08

BDN NorderLügumkloster
Rolf Petersen
Møllesvinget 24
DK-6240 Løgumkloster

An die "Märkischen Musikanten aus Brandenburg"

Liebe Musiker!

Im Namen des Vorstandes des Bundes Deutscher Nordschleswiger (BDN NorderLügumkloster) möchten wir Ihnen hiermit sehr herzlich dafür danken, dass Sie uns mit Ihrer Musik bei unserem Herbstfest im Saxburger Krug im Rahmen des Deutschen Tages in Nordschleswig mit Ihrer Musik so vorzüglich unterhalten haben.

Sie haben hoffentlich gemerkt, dass die Gäste begeistert waren von Ihrem Fleiß (Sie waren ja praktisch unentwegt am Arbeiten!), von Ihrem Können (ein solch vielfältiges Repertoire erlebt man selten!) und von Ihrer fröhlichen Art, mit der Sie uns alle ansteckten und damit für eine sehr gute Stimmung sorgten.

In den folgenden Tagen sind wir bereits von etlichen Mitgliedern, die bei diesem Fest dabei waren, angesprochen worden: Sinngemäß sagten sie alle: Das war ein schöner Abend – und was für tolle Musikanten!

Wir hoffen, dass auch Sie sich bei unserem Herbstfest wohl gefühlt und gespürt haben, dass durch Ihre Musik der Abend zu einem wirklichen Fest wurde.

Noch einmal ganz herzlichen Dank dafür!

Mit herzlichen Grüßen und den besten Wünschen für Sie persönlich und für Ihre weitere musikalische Arbeit!

Im Namen des Vorstandes

Rolf Petersen (Vorsitzender)
Ellen Blume (Schriftführerin)

Abbildung 43: Dankesbrief aus Dänemark

Als Arnold Jürgensen plötzlich verstarb, übernahm Heinz Asmussen die Geschäfte, genauer gesagt die Leitung des Schützenvereins in Feldstedt bei Appenrade. Auch mit ihm wurde die alljährliche Veranstaltungsreihe noch mehrere Jahre fortgesetzt.

Wie es immer mein Bestreben war, möglichst langfristig mit unseren Vertragspartnern zusammenzuarbeiten, möchte ich ein für uns einmaliges Beispiel hervorheben. Vorweg muss aber betont werden, dass solche Verbindungen immer von einzelnen Personen, zu denen man im richtigen Moment die passende Antenne gefunden hatte, abhängig waren. Bei den Vertretern der Gewerkschaft der Eisenbahner in Frankfurt/Oder war das wirklich und absolut der Fall. Bei denen spielten wir seit Mitte der Achtzigerjahre zu ihrer jährlichen Weihnachtsfeier. Und erst im Jahr 2010 oder 2011 war dieses Dauerengagement zu Ende, weil die maßgeblichen Vertreter aus gesundheitlichen Gründen die Leitung abgaben.

Danke, mein lieber Ernst Muthke, danke, mein lieber Bernhard Waschkowiak.

In bleibender Erinnerung sind mir auch die Auftritte bei der *Grünen Woche* in West-Berlin. Eine Marketingfirma aus Seelow in der Mark, die für die brandenburgische Kartoffel warb, betrieb dort einen Messestand und wollte das Ganze musikalisch unterstützt haben. Das machten wir gern; gut bezahlt wurde es auch. Irgendwie überkam mich dann aber doch ein komisches Gefühl, das mich später noch mehrfach berührte: Jetzt machte ich Musik an einer Stelle, die nur unweit von der Wohnung meiner Eltern – in der Neuen Kantstraße – gelegen war; die Katharinenstraße in Halensee ist auch nicht weitab.

Das Engagement bei der Kartoffelfirma hat für mich auch noch eine andere Erinnerung. Mein Vertragspartner bat mich, für seine Kartoffelsorten während unserer musikalischen Pausen zu werben. Das machte mir großen Spaß. Im Mittelpunkt meiner Vorträge stand immer, den Messebesuchern die Kuriosität zu verkünden, dass Friedrich der Große für sein Land Brandenburg-Preußen die Kartoffel entdeckt habe. Aber nicht, wie sein Vater Friedrich Wilhelm 1., als Zierpflanze, sondern als Nahrungsmittel! Um diese Entdeckung seinem Volk möglichst schnell zu vermitteln, wies Friedrich die Pfarrer an, innerhalb ihrer Predigt die Vorzüge dieser Knolle zu erwähnen. Das Volk reagierte prompt und bezeichnete fortan die Pfarrer als Knollenprediger.

Ein paar Jahre später wurden wir noch mal zur *Grünen Woche* am Messedamm gerufen. Diesmal zum Brandenburgtag in der Brandenburg-Halle. Weil es immer ein furchtbares Gedränge gab, ehe wir, gerade bei der *Grünen Woche*, an die Stelle gelangten, wo unser Auftritt stattfand, hatte ich meine beiden Söhne um Hilfe beim Gassemachen gebeten. Klappte auch ganz gut. Sohn Robby fotografierte dann fleißig. Hier unsere Gruppe in Aktion.

Abbildung 44: Brandenburgtag Grüne Woche Berlin 1999

Ab 1999 überschlugen sich dann bei mir die Ereignisse. Im Februar 1999 wurde unser erstes Enkelkind Ben, der Nachwuchs von Sohn Robby und Schwiegertochter Jana, geboren.

Mit den Jahren war mein sogenanntes Papiergeschäft eingeschlafen. Gedruckte Noten wurden von den Kapellen oder Bands nicht mehr gebraucht. Stattdessen fanden die oft Halb-Play-back spielenden Musikgruppen die Möglichkeit, ihre Keyboards mit gekauften Disketten zu spicken oder, was auch in große Mode kam, Livemusik nur mit Gitarren-Sound und Schlagzeug zu machen. Fundiertes, solide erlerntes musikalisches Grundwissen war nicht mehr notwendig, um in der sogenannten Rockerszene zu bestehen. Nun gut, ich will nicht darüber richten, sondern mich damit abfinden, dass alles seine Zeit hat.

Durch Zufall machte ich einen Besuch auf dem Bauernmarkt in Schmachtenhagen, auch im Norden von Berlin gelegen. Eigentlich war das ein bäuerlicher Betrieb mit Ländereien, Vieh und Gefieder. Ich lernte Herrn Mattner und Frau Lüke kennen, die ich wohl als Erfinder, aus diesem Betrieb den Ansatz eines Vergnügungsunternehmens gemacht zu haben, einordnen kann. Das erste Merkmal dafür war die Eierbahn, mit der die »Reisenden« den riesengroßen Hühnerstall durchqueren konnten und bei Halt des Zuges zum Eier-Sammeln Gelegenheit hatten. Ein Verkaufsstand nach dem anderen rundete das Bild des Marktes ab. Na, und dann sollte die Musik auch noch zum kompletten Vergnügen beitragen.

Mit Frau Lüke hatte ich gleich die richtige Antenne gefunden. Schon nach wenigen Worten unserer Unterhaltung muss sie gemerkt haben, dass ich als alter Hase im Musikgeschäft das richtige Repertoire für den Bauermarkt spielen würde. Ich habe mir angesehen, von welcher Altersgruppe der Markt vorwiegend besucht wurde, und konnte mich mit der Auswahl unserer Musik schnell auf das Publikum einstellen. Und der entsprechende Erfolg stellte sich postwendend ein. Nach anfänglichem Behelf, unsere Musik in einem dem Markt angeschlossenen Zelt spielen zu lassen, wurde in die sogenannte Tenne umgezogen. Dort waren wir auf einem richtigen Podium postiert und konnten unsere Darbietungen mit entsprechenden Show-Effekten, Kostümen und nicht zu übersehendem Charme unserer beiden Sängerinnen präsentieren.

Abbildung 45: Kathrin und Ines

Silvester 1999, der Schritt ins neue Jahrtausend, war dann der erste, sogar für mich als besonders zu bezeichnender Höhepunkt in unserer, sich langjährig anbahnenden Zusammenarbeit mit dem Schmachtenhagener Bauernmarkt. Ein richtig aufwendiges Feuerwerk wurde um 0:00 Uhr abgefackelt, und die Menge taumelte selig trunken ins neue Jahr.

Im Februar des neuen Jahrtausends wurden Evchen und ich durch die Geburt unseres zweiten Enkelkindes Lea-Marie, Tochter von Sohn Conny und Schwiegertochter Regine, noch einmal Großeltern.

Abbildung 46: Robby mit Sohn Ben und Conny mit Tochter Lea-Marie

Auf dem Bauermarkt in Schmachtenhagen wuchs unsere Fan-Gemeinde von Mal zu Mal. Viele Gäste kamen lange vor unserem Spielbeginn – das war meistens um 11 Uhr –, um sich ihre Plätze zu sichern. Nun hatte ich natürlich gelernt, dass dem Wirt einer Gaststätte mit Livemusik nicht daran gelegen ist, wenn ein Gast stundenlang vor einem Bierglas sitzt und sich dabei die Musik anhört. Das Publikum muss fluktuieren, jeder Stuhl muss sein Geld bringen, indem er möglichst oft wieder besetzt wird und neuen Umsatz generiert. Die Ausnahme bestätigt die Regel: Wenn ein Gast laufend was verzehrt, darf er sitzen bleiben. Am schlimmsten fühlte sich der Wirt gefährdet, wenn die Gäste ihre Getränke von zu Hause mitbringen. Herr Mattner lief mitunter persönlich durch die Tisch- und Stuhlreihen, um zu kontrollieren, ob Speisen und Getränke vom Gast mitgebracht wurden.

Immer hinterließen unsere Auftritte auf dem Bauernmarkt in uns ein zufrieden beglückendes Gefühl, auch weil wir stets und ständig von unseren Fans mit Geschenken bedacht wurden. Diese nahmen mitunter Ausmaße an, die mich einmal veranlassten, das Ganze zu Hause auf unserem Küchentisch zu fotografieren. Ich werde nie vergessen, als Kathrin mal ganz während unserer Rückfahrt vom Bauernmarkt folgenden Satz aussprach: »Diesen Erfolg lassen wir uns nicht nehmen!«

Im Schmachtenhagener Bauernmarkt wechselten, nachdem sich Frau Lüke und Herr Mattner aus dem Geschäft zurückzogen, sehr oft die Betreiber oder Pächter. Bis zum März 2013 haben wir dort noch Musik gemacht. Ich gebe zu, dass wir durch unsere öffentliche Präsenz auf dem Markt sehr viel neue Kontakte bekamen und dadurch die Anzahl unserer Engagements merklich belebt wurden. Aber 2013 näherte sich ohnehin der Zeitpunkt, nachdem ich aus gesundheitlichen Gründen die oftmals mehr als fünf Stunden lang anhaltende Stimmungsshow nicht mehr mitmachen wollte.

Auf dem Bauernmarkt spielte sich für uns das Leben nur an den Wochenenden ab. Auch Auftrittspausen waren dort unvermeidbar, sodass wir noch auf diversen anderen Hochzeiten tanzten. Da nenne ich gern Bundes- und Landesgartenschauen, wovon das Erlebnis, in Potsdam bei der Bundesgartenschau dabei gewesen zu sein, hervorsticht. Aber auch die brandenburgischen Landesgartenschauen, z. B in Eberswalde, waren dankbare Einsätze für unsere Gruppe. Auf Dorf- und Stadtfesten spielten wir sehr gern, allerdings nur dann, wenn die Auftrittsbedingungen gut organisiert waren, oder die zum Teil weiten Fahrstrecken in den Rahmen unserer Möglichkeiten passten.

Letzten Endes musste ich immer berücksichtigen, dass Kathrin und auch Ines in einem festen Anstellungsverhältnis standen und sich dadurch bei Auftritten unserer Gruppe in der Woche öfter auch mal Komplikationen ergaben. Dennoch: Ein großes Kompliment, wie sie das beide fast immer in ihren Betrieben regeln konnten.

Nach den Aufnahmen für unsere erste CD, die wir in einem kleinen Tonstudio in Berlin-Wedding eingespielt und besungen haben, beschloss ich, mir auch ein eigenes Tonstudio einzurichten. Stück für Stück gestaltete ich dafür meinen ehemaligen Kohlenkeller im Schildower Haus um und begann nun, mich selbst als Tonmeister zu betätigen. Manches Lied, für dessen Aufnahme wir sonst ein anderes Tonstudio hätten mieten müssen, konnte ich jetzt selbst ohne hohe Kosten produzieren. Das Lied »Hinter der Heide« für die Ausflugsgaststätte *Waldidyll Klingemühle* war nach der Wende eine meiner ersten Produktionen. Die damalige Geschäftsleitung kaufte mir einen größeren Posten Kassetten, betitelt mit »Tu was für dein Herz«, weil auf dieser Kassette auch ihr Lied und dazu noch die »Märkische Heide« zu hören waren. Selbst Gustav Büchsenschütz bestellte einen größeren Posten dieser

Kassetten. Ihm gefiel gerade das Arrangement seines fröhlichen Wanderliedes so gut. Zu dieser Zeit war ich fleißig am Komponieren. Hatte ich in meinem musikalischen Leben diese Sparte der Musik immer nicht so richtig beachtet und gedacht, dass man sich nebenbei auch mal 'ne Melodie einfallen lassen kann, weil ich ja mit dem Arrangieren oder Bearbeiten von Musik genug beschäftigt war, so war ich jetzt zu einem anderen Entschluss gekommen. Viele neue Lieder sind entstanden, manchmal sogar mit meinen eigenen Texten.

Auch mein damaliger Keyboardspieler Wolfram Ebeling entpuppte sich als fleißigen Textschreiber. Auf meinen Wunsch erfand er einen Text (seine Frau Angelika soll ihm dabei geholfen haben?), für den ich dann die Komposition schrieb. Mit diesem Titel wollte ich speziell Tierschutzvereine bemustern. Hier eine Kostprobe:

Mein Hamster bohnert und mich knutscht ein Elch,
ein Nilpferd steht im Flur mit einer Traumfigur.
Mein Goldfisch jodelt und ein Meerschwein
macht mir Mut, nur hier bei meinen Tieren
gehts mir richtig gut.

1. Vers:
Mein Chef, der alte Brummbär nervt mich oft im Büro.
Und manche falsche Schlange
feixt dann noch schadenfroh.
Ich hab zum Glück ein dickes Fell,
so wie ein Elefant,
bin störrisch wie ein Esel und dafür auch bekannt.
     Mein Hamster bohnert ...
2. Vers:
Als schlauer Fuchs, da sucht ich 'ne Frau
für meinen Bau.
Ein Kätzchen oder 'nen Drachen,

wer weiß das schon genau?
Sie floh mit einem flotten Hirsch
nebst Auto, Haus und Geld,
hier stehe ich, ich armer Hund,
weiß nun, was wirklich zählt.
Mein Hamster bohnert ...

Aus den eigenen Kassetten, die wir bei unseren Veranstaltungen gegen Unkostenpreise unters Publikum brachten, wurden im Lauf der Jahre CDs. War diese Art von Tonträger gleich nach der Wende für mich noch die große Unbekannte, so entwickelte sich der technische Fortschritt rasend, und die CD gewann schnell auf dem Markt das Übergewicht. Wir mussten dieser Entwicklung folgen. Ich schaffte mir die entsprechenden Audio- Brenngeräte für CDs an und hatte immer genügend solcher Tonträger zur Hand, um sie unseren Gästen anzubieten. Es wirkte schon, wenn ich sagen konnte: »Sie haben jetzt die Möglichkeit, unsere Musik mit nach Hause zu nehmen.«

Jetzt muss ich doch noch mal auf meine Tätigkeit als Komponist zu sprechen kommen. Ganz so abrupt möchte ich mein Licht denn doch nicht unter den Scheffel stellen. Beim Komponieren einzelner Instrumentaltitel ist mir hier und da im Laufe meines musikalischen Lebens doch ein erfolgreicher Wurf gelungen. Mein »Bambus«, ein Solo für Sopran-Saxofon, ist dreimal auf verschiedenen Tonträgern veröffentlicht worden. Auf dieses Werk bin ich richtig stolz. Hier habe ich alles selbst gemacht: die Komposition, das Arrangement und das geblasene Solo. Bei der ersten Aufnahme war es die Bigband des Senders Leipzig unter Walter Eichenberg, die mein Arrangement für die begleitende Musik einspielte, während bei der zweiten Aufnahme das Tanzorchester des Berliner Rundfunks unter Günter Gollasch die Begleitung übernahmen. Die dritte Aufnahme, die ich in meinem Keller fabriziert habe, ist für mich die schönste, weil ich die gesamte Begleitmusik des Orchesters, Ton für Ton, auf meinen Keyboards eingespielt und tontechnisch gesteuert habe.

Instrumental-Titel lagen mir besonders. Neben »Bambus« konnte ich mich über bemerkenswerte AWA-Abrechnungen (Pendant zu GEMA) freuen, die mir z. B. die Titel »Chapeau Claque«, »Mein Vehikel«, »Gitarren-Mambo« und »Medaillon« einbrachten.

Bei der GEMA werde ich als Komponist und ordentliches Mitglied geführt. So richtig wohl fühle ich mich mit der Bezeichnung Komponist allerdings nicht. Ich kann sehr gut einschätzen, was gutes Komponieren bedeutet, und so sehr bedeutende Werke habe ich denn doch nicht geschaffen. Ich bin einfach Musiker, so wie es im Telefonbuch steht. Dazu kommt noch Kapellen- und Orchesterleiter, Arrangeur, Komponist, Sänger, Tontechniker, Roadie, Chauffeur und Conférencier. Mit diesen Bezeichnungen kann ich leben.

Reisen mit Herz ist eine Veranstaltungsfirma in Potsdam, mit der wir über viele Jahre lang gute Verbindung hatten. Man kutschierte reiselustige Gäste in Omnibussen aus allen Teilen Brandenburgs zu schönen Ausflugszielen und veranstaltete vor Ort fröhliche Kaffeetrink-Nachmittage. Zu solchen Unternehmungen wurden wir des Öfteren eingeladen und mit der Aufgabe betraut, die Gäste tanzmusikalisch zu erheitern. Der Veranstalter liebte es, bei solchen Events meistens zusätzlich einen bekannten Künstler zu engagieren. Wenn dieser seine Tontechnik nicht mitbrachte, was oft geschah, wurde mir die Aufgabe übertragen, die tontechnische Steuerung für den Künstler zu übernehmen. Im Prinzip hatte ich nichts dagegen, wenn ich entsprechend freundlich darum gebeten wurde.

Bei Peter Wieland, den ich als Kollegen während meines Sängerdebüts kannte, oder auch James. W. Pulley, den schwarzen Negersänger, Julia Axen und vielen anderen mehr klappte alles problemlos. Gerd Christian war da schon etwas schwieriger zu tonmeistern. Als meine Verstärkeranlage Aussetzer hatte und ich während seines Vortrages für kurze Zeit ins Schwimmen geriet, behauptete er, dass ich ihn absichtlich, aus Revancheneid wegen seiner vorangegangenen vielen Fernsehauftritte, gestört hätte. Dieser eingebildete Flaps schien noch nie etwas von Berufsethos gehört zu haben und war wohl selbst zu solchen Torheiten imstande.

Reisen mit Herz hatte wieder mal zu einer Veranstaltungsreihe eingeladen, zu der die Gäste aus allen Gegenden Brandenburgs sechs Tage lang nach Strausberg gefahren wurden, wo die Veranstaltungen in einem ehemaligen Klubhaus der NVA (Nationale Volksarmee) stattfanden. Diesmal war Dagmar Frederic die große Künstlerin. Auch sie kam mit einer kleinen Diskette an, auf der ihr gesamtes Stundenprogramm gespeichert war, und bat mich scheinheilig um meine Tonsteuerung über unsere Verstärkeranlage. Ich konnte es mir nicht verkneifen, die Dame wegen der zuvor schon erwähnten Vorkommnisse abblitzen zu lassen.

Herr Fuhrmann, der Veranstalter von *Reisen mit Herz*, kam regelrecht ins Schwitzen, als er von den sich anbahnenden Schwierigkeiten hörte. Man bat mich, ja, man flehte mich an, doch nachzugeben und die sechs Veranstaltungen nicht zu gefährden. Letzten Endes nahm ich es professionell und gab nach. Frau Frederic – wenn ich bedenke, dass diese Frau, geborene Schulz, mit diesem aufgesetzten Künstlernamen auf mich zukam, dann sträubt sich beim Schreiben die Tastatur meines Computers! Sie lobte mich vor dem Publikum mehrmals wegen meiner gelungenen Tätigkeit als Tonmeister und bedankte sich auch artig dafür. Als dann am sechsten Abend die letzte Klappe gefallen war und sie meine Mitarbeit nicht mehr brauchte, hörte eine meiner Sängerinnen, wie sie in der Garderobe über mich herzog. Ihre geneigten Zuhörer waren dabei der Sänger Michael Hansen und der ehemalige Intendant des DDR-Fernsehens. So war sie eben, die Dame, die später wegen Erbschleicherei für Schlagzeilen in der Zeitung sorgte.

Bis zum Jahr 2012 dauerte unsere Zusammenarbeit mit *Reisen mit Herz* noch an. Die letzten Veranstaltungen fanden auf der Bismarckhöhe in Werder statt. Danach kam ich in gesundheitliche Bedrängnis und musste einfach kürzertreten.

Eine weitere Veranstaltungsreihe darf bei der Aufzählung unserer Aktivitäten nicht vergessen werden. Im Klinikum Sommerfeld, auch nördlich von Berlin gelegen, wurde uns die Möglichkeit geboten, mit richtigen Bühnenverhältnissen aufzutreten. Die Veranstaltungen fanden in einem schönen, dem Klinikum angeschlossenen Saal statt und wurden von der kulturbeauftragten Abteilung des Hauses durchgeführt. Unser Programm wurde öffentlich annonciert, war aber vorwiegend für die Patienten der Klinik gedacht. Es machte wirklich großen Spaß, wenn schon am helllichten Vormittag die Stimmung im Saal überschwappte und die Krücken der Patienten fröhlich geschwungen wurden. Auch eine Art von Therapie! Kein Wunder, denn öfter waren uns auch unsere Fans gefolgt, und die hatten sowieso die gute Stimmung schon von zu Hause mitgebracht. Irgendwann wurde uns mitgeteilt, dass die Klinik den Saal für Seminare abgegeben habe, und dass damit unsere Veranstaltungen nicht mehr stattfinden könnten.

Neujahrskonzert der „Original Märkischen Musikanten"

Wer den Oberhavel-Bauernmarkt in Schmachtenhagen les öfteren besucht, dem dürfte ihre mal volkstümliche und poppige Musik garantiert chen in den Ohren. Die „Ori-

ginal Märkischen Musikanten" werden vom Publikum des Bauernmarktes stets mit viel Beifall belohnt. Und so dürfte ihr Auftritt am Sonnabend, 19. Januar, wiederum

ein großer Erfolg werden.

Das Quartett Katharina, Ines, Lutz und Rolf wird zudem die Patienten der Hellmuth-Ulrici-Klinik in Sommerfeld unterhalten. Am

Sonntag, 27. Januar, geben die vier um 10 Uhr hier das traditionelle Neujahrskonzert. Das verspricht Tanz, Stimmung und Programm – nicht nur für die Patienten.

Die „Original Märkischen Musikanten" Katharina, Rolf, Lutz und Ines. Foto: privat

Abbildung 47: Neujahrskonzert 2004

Ich gebe zu, dass sich im Lauf der Jahrzehnte, wenn man nur mal bedenkt, wie sich unser Leben seit 1990 entwickelt hat, auch der Modegeschmack in der Musik laufend veränderte. In den ersten Jahren nach der Wende habe ich immer noch versucht, mit unserem Repertoire auf dem Stand aktueller Ansprüche zu sein. Da haben wir es gewagt, Veranstaltungen zu übernehmen, die für die Öffentlichkeit stattfanden und teilweise bis in die tiefe Nacht anhielten. Jahrelang haben wir anlässlich von Silvesterfeiern die passende Musik gemacht. Im Schmachtenhagener Bauernmarkt war das neun Mal der Fall. Für das gemischte Publikum, also für Jung und Alt, sollte immer das zeitgemäße Programm geboten werden.

Und genau hier muss ich gerade mal einen notwendigen Einwand anmelden. Seit dem Erscheinen der Discotheken, die für die Jugend mit der Zeit ohnehin zum Maß der Dinge wurden, ist es für live spielenden

Bands immer schwerer geworden, alle Wünsche des Tanzpublikums zu erfüllen. Da reichten selbst meine sechshundert gespeicherten Titel nicht aus, die mein Begleitorchester (Festplatte im Keyboard) zu bieten hatte. Die Discotheker, mit denen wir öfter mal zusammen auf der Bühne standen, brauchten nur in die Vollen zu greifen und hatten damit immer das aktuellste und neuste, technisch hochfrisierte Musikstück zur Hand. Wir dagegen mussten jeden Titel, den ich vorher auf meinem Keyboard erarbeitet hatte, in Proben einstudieren, sodass unser Repertoire natürlich nicht mit dem des Discothekers konkurrieren konnte.

Bei der Gestaltung unseres Repertoires ging ich ohnehin immer davon aus, dass wir uns der gegebenen Aufgabenstellung anzupassen hatten. Irgendwie musste ich immer versuchen, den Geschmack meiner zu bedienenden Kundschaft aufzuspüren. Wenn mir das gelungen war, konnte ich selbstverständlich mit meiner Routine und Erfahrung das jeweils geeignete Programm in unserem Repertoire finden.

Mit diesem Rezept konnten wir jahrelang unsere Erfolge feiern. Besonders genossen habe ich dies dann, wenn ich von meinen Vertragspartnern dafür die entsprechende Bestätigung bekam. Ob es Erich Kalweit in Ahrenshoop oder Vater Heine in Quedlinburg war, Kurt Schiller in Berlin, der HO-Direktor Huhn in Halberstadt, Herr Wiemer in Leipzig, Herr Potowski in Rostock, Frau Rothe in Fürstenwalde, Frau Kasper in Beeskow oder Arnold Jürgensen in Appenrade (Dänemark) – sie alle wussten, was sie hatten, wenn sie uns engagierten. Sie brauchten keinen Wechsel oder wagten keine Experimente bei der Wahl ihrer Kapelle bzw. der Band. Wir dankten ihnen gern für das entgegengebrachte Vertrauen. Wenn wir das jeweilige Engagement beendet hatten, gab es oft, ja eigentlich immer, Blumen, Geschenke und auch lobende Dankschreiben.

Nun noch ein paar Erinnerungen an Begegnungen mit hohen Herrschaften.

Während meiner Tätigkeit als Kapellenleiter in der damaligen DDR war es für mich keine Seltenheit, hohen Staats- und Regierungspersönlichkeiten zu begegnen. Ich erinnere nur an meine Gegenüberstellung mit Spitzbart Ulbricht, die ich schon im Kapitel Nachkriegszeit geschildert habe. Nein, ich meine diesmal Persönlichkeiten unserer Brandenburger Landesregierung. Da möchte ich liebend gern an erster Stelle den damaligen Minister des Innern, Jörg Schönboom, nennen. Ihn haben wir kennengelernt, als er zur Einweihungsfeier von einem Schloss in der Nähe von Lychen in der Mark kam. Er hatte zu seiner Regierungszeit die Brandenburger CDU, die bislang immer traurig der SPD hinterherhinkte, auf 26 % gebracht. In einem kurzen Gespräch mit ihm ließ er uns wissen, dass er auch brandenburgische Wurzeln habe. Später hat er mir ein von ihm verfasstes Buch »Zwei Armeen, ein Vaterland« mit persönlicher Widmung geschenkt und damit – weil er inzwischen verstorben ist – ein bleibendes Andenken verliehen.

Als wir beim traditionellen Heiratsmarkt in Reitwein an der Oder auftraten, regnete es in Strömen. Der Besuch von Ministerpräsident Manfred Stolpe war angesagt. Er kam, begleitet von Bodyguards, die schützend einen riesengroßen rot-weißen Regenschirm über ihn hielten. Manfred Stolpe erfasste die Situation und fand gleich die richtigen Worte, indem er der lauschenden Menge erklärte, wie fruchtbar der prasselnde Regen sei. Ich sprach ihn an, ob ich ihm eine Kassette mit unserer brandenburgischen Musik schenken dürfe. Er antwortete ganz clever: »Ja, natürlich, und wo kann man Sie erreichen?« Er hat mich nie erreicht! So sind eben klug geschulte Diplomaten. Auch Manfred Stolpe lebt nicht mehr.

Regine Hildebrand, ebenfalls eine langjährige Ministerin der SPD im Land Brandenburg, ist uns öfter persönlich begegnet. In Woltersdorf war es, wo ich ihr eine Kassette schenkte, die sie dankend entgegennahm.

In unseren Glanzzeiten nach der Wende waren es bis zu 90 Veranstaltungen, die wir im Jahr schafften. Ab 2011, meinem ersten merkbaren gesundheitlichen Einschnitt in meinem Leben, wurden es dann gezwungenermaßen immer weniger *Muggen*, wie der Musiker sich auszudrücken pflegt. Nicht nur ich, sondern auch unser Publikum wurde immer älter. Ich will damit sagen, dass wir des Öfteren in Alten- und Pflegeheimen spielten. Manchmal hatten diese Einrichtungen auch den besser klingenden Namen *Seniorenresidenz*. Die über ganz Brandenburg verstreuten Marseille-Kliniken bieten ein gutes Beispiel dafür. In Hennigsdorf befindet sich das Flaggschiff von Herrn Marseille. Dort spielten wir gern, weil man sich immer viel Mühe gab, unsere Auftrittsbedingungen optimal vorzubereiten und wir feststellen konnten, wie aufmerksam die Heimbewohner, oft auch mit ihren Angehörigen, unseren Darbietungen folgten. Kein Wunder! So charismatisch, wie Kathrin und Ines unsere Musik verkauften (Musikerausdruck für fröhlich, lachend und tänzerisch vortragend, dem Publikum zugewandt), war der Erfolg ohnehin schon mal gesichert.

Ich muss an dieser Stelle noch mal ausdrücklich betonen: Kathrin, durch ihre Ausbildung im Ballett, einer soliden gesanglichen Schulung und mit schier unglaublich angeborenen Talenten, bot mir das Glück, eine Top-Sängerin zu haben, um die mich viele Bandleader beneideten. Mit ihr als Frontfrau (wie es so schön heißt) bin ich über Jahrzehnte gut versorgt gewesen, durch dick und dünn gegangen und deshalb auch sehr, sehr dankbar dafür. Nicht zu vergessen! Das Publikum hat immer nach den beiden Damen gefragt. (Dass man mich dabei meistens übersah, habe ich mit Humor ertragen!) Darum muss auch für Ines, die sich über Jahrzehnte hervorragend anpasste und zusammen mit Kathrin oftmals regelrecht synchron auftrat, ein großes anerkennendes Lob ausgesprochen werden.

Lutz war ein wahrlich pflegeleichter Kollege. Wenn wir auf größeren Bühnen auftaten, war ich immer froh, einen zweiten Mann dabei zu haben. Lutz war ein guter Musiker, der mit seiner Gitarre unser Erscheinungsbild auf der Bühne wirkungsvoll komplettierte. Er durfte mit einem Mal nicht mehr Auto fahren und wohnte leider so weit weg. Es ergaben sich logistische Schwierigkeiten, die unsere Gruppe zu einem Trio werden ließen.

Abbildung 48: Nur noch zu dritt

Bis Juni 2017 haben wir noch zusammen Musik gemacht. Dann fiel der Vorhang für diesen Akt meines Musiklebens. Wenn es mich dennoch zur Musik drängt, ist da ja noch mein Tonstudio im Keller. Da gibts immer was zu tun. Umso schöner, wenn jemand mal etwas von mir gemacht haben möchte. Einen Nachwuchskünstler konnte ich gerade mal wieder mit zwei Playbacks versorgen. Mein ältester Sohn Ralph, gerade im besten Rentenalter angekommen, hat seine sängerischen Qualitäten entdeckt und tritt jetzt in meine Fußstapfen. Gar nicht schlecht! Wird auch Zeit, dass ich Ablösung bekomme, denn mir haben sie bei meinen Operationen mit dem Narkoseschlauch endgültig die Stimmbänder kaputtgemacht.

Wie es kommen musste: Der Zahn der Zeit hat auch mich nicht verschont. Ab 2011 musste ich mit den von mir bis dahin gemiedenen Krankenhäusern mehrmals Bekanntschaft machen und auch ein trauriges Ereignis in meiner Familie hinnehmen. – Aber das ist eine andere Geschichte.

Jetzt zähle 93 Lenze und denke mit Stolz daran, dass ich als Zeitzeuge oftmals von dem, was die Medien aus früheren Zeiten berichten, vieles besser weiß. Hier und da habe ich sogar den Mut, mit meinem Alter zu kokettieren, und versuche aus dem mir jetzt Gebotenen das Beste zu machen. Möge es den mir folgenden Generationen beschieden sein, weitere 75 Jahre von Kriegswirren und Katastrophen verschont zu bleiben. Das wünsche ich auch meinen Lesern, denen ich herzlich für ihre Aufmerksamkeit danke.

Rolf Hurdelhey
Schildow, im August 2020

Nachwort

Es ist gar nicht so leicht, ein ganzes Leben in ein Buch mit gut zweihundert Seiten einzupferchen. Ich habe es versucht. Ganz sicher werde ich, wenn die vorangegangenen Zeilen gedruckt sind, zu der Feststellung kommen, dass auch im zweiten Anlauf, meinem Leben einen Überblick zu verschaffen, nicht alles geschildert wurde, was vielleicht lesenswert gewesen wäre.

Mein Vater hat mal zu mir gesagt, und das war eine der wenigen Belobigungen, die ich je von ihm gehört habe: »Du kannst das Wesentliche vom Unwesentlichen unterscheiden.« Den Satz habe ich mir gemerkt, auch versucht, in meinem Leben danach zu verfahren. Überhaupt hat mein Vater oft den Punkt aufs »I« getroffen. Wenn ich nur daran denke, als er mir am 1. September 1939 vorausgesagt hat, dass Deutschland den Krieg nie gewinnen kann, muss ich ihm zugestehen, dass er ein gutes Gespür hatte und ich während der Hitler-Zeit immer meinen Weg zu gehen wusste.

Ein paar winzige erlebte Kleinigkeiten habe ich mir aus meinem ganz normalen Alltag aufgehoben: Gleich nach dem Krieg, als wir alle mit dem Hunger kämpfen mussten, hatte ich einen Freund, der als Zivil-Angestellter beim Russen arbeitete. Den habe ich gefragt, ob er uns aus der Russenkaserne, wo er auch verpflegt wurde, mal ein Kochgeschirr mit Essen mitbringen könnte. Da bekam ich die Antwort: »Ich werds versuchen, aber ich sag dir gleich, ich bekomme nur Mannschaftsverpflegung. Beim Russenmilitär gibt es vier Essenkategorien: Mannschaftsessen, Unteroffiziersverpflegung, Portepeeunteroffiziersessen und die Offiziersküche.« Nach dieser Auskunft wusste ich, wie der Kommunismus tickt! Das war 1946.

Als wir 1952 im Blankenburger Fürstenhof spielten, hatte Fritze Schulze den großspurigen Gedanken, aus dem alt her renommierten Hotel und Restaurant ein Nobelhotel mit dem Namen *Auto-Park-Hotel* zu machen, was ihm auch bedingt gelang. Acht Kellner wedelten, im Frack gekleidet, durchs Lokal. Bei Hochbetrieb rasten die meisten Bediener mit hängender Zunge von Gast zu Gast. Aber ein Kellner stand mit seiner Serviette über den Arm in der Tür des Saals und lauschte unserer Musik. Es war der Sohn eines Gastwirts aus Halberstadt, der sich sehr für Musik interessierte und sich gerade die Ouvertüre der Oper *Die diebische Elster* von Rossini bei uns bestellt hatte. Fritze Schulze, der Gaststätten-Chef, ließ mich später wissen, dass gerade dieser Kellner immer die höchsten Tagesumsätze hätte. Aus dieser kleinen Beobachtung habe ich auch meine Lehren gezogen!

Mit vielen solchen kleinen Erkenntnissen, die die Jahre mir zu bieten hatten, habe ich versucht, mein bewegtes Leben einigermaßen richtig zu steuern. Ab und zu bin ich mal angeeckt, aber meistens – vor allen Dingen in der DDR-Zeit – habe ich meine Spur im Slalomlauf gemeistert. Evchen hat mir dabei mit mecklenburgischer Beharrlichkeit in bewundernswürdiger Art und Weise den Rücken freigehalten. Sie hat mir viel bei schriftlichen Arbeiten geholfen und war die richtige Partnerin für einen freiberuflich tätigen Menschen. Sie hatte auch die Gene für künstlerisches Empfinden durch einen ihrer Vorfahren, dem berühmten Landschaftsmaler Heinrich Reinhold (1788-1825), von dem Bilder u. a. in der Hamburger Kunsthalle zu sehen sind. Sie liebte ihr Beerboomhus am Saaler Bodden, wo sie jahrzehntelang für Ordnung sorgte und die Einrichtung des Hauses von ihrer Handschrift geprägt ist. Unser Haus in Schildow hat sie bis zum Keller individuell gestaltet und mir den Gefallen getan, jahrzehntelang die Verbindung zu meiner zweiten Heimat, Blankenburg am Harz, aufrechtzuerhalten. Hier hatten wir das große Glück, ein 4-Sterne-Dauerquartier in Wienrode, nur zwei Kilometer von Blankenburg entfernt, bei Reiner und Ursel Korn-Winopal zu finden. Über die Jahrzehnte entwickelte sich zu diesen Wirtsleuten ein freundschaftliches Verhältnis.

Glücklich und dankbar bin ich auch dafür, dass ich die vielen, schönen Jahre nach dem Mauerfall, die Helmuth Kohl, der Kanzler der Einheit ermöglicht hat, noch erleben durfte. Für Evamarie und mich hat sich dadurch das Tor zur freien Welt mit einem überschäumenden Gefühl der Freude geöffnet, weil wir uns zumindest weite Teile Europas ansehen durften. Vom Nordkap bis nach Gibraltar führten unsere Reisen. In Russland waren wir und haben England mit dem Schiff umrundet. Den Rhein, die Mosel und die Donau durften wir auf kleinen Kreuzfahrten erleben. Und nicht zu vergessen: In allen Ecken unseres schönen Landes haben wir mal »Staub gewischt«. Was will man mehr?

Meinen Dank dafür, dass ich noch mal den Ansporn hatte, dieses Buch zu schreiben, schulde ich nicht zuletzt unseren treuen Edelfans, von denen ich besonders die Familie Ressel aus Velten, das Ehepaar Hannelore und Erich Gerdes aus Berlin, Hans Oelfert aus Mühlenbeck, Karl-Heinz Bessert mit seiner Mutter Monika aus Lichterfelde bei Finowfurt stellvertretend für viele andere nennen möchte.

Frau Sabine Dreyer, die Lektorin aus Biedenkopf im Hessischen, hat mich mit sicherem Rat und Tat durch die Erarbeitung dieses Buches geführt. Vielen, vielen Dank.

Von dem Schriftsteller und Journalist George Tenner bekam ich die ersten Beratungen, wie ich zu verfahren habe, wenn ich ein Buch dieser Größenordnung schreiben will. Herzliche Dank dafür.

Gebündelter Dank gilt auch meiner »Assistentin« Katharina, die mir oft wegen ihres besseren Gehirnspeichers gedankliche Anstöße gab, wenn mein Erinnerungsvermögen vervollständigt werden musste.

Herrn Dr. Glöckler in der Helios Klinik Berlin-Buch danke ich dafür, dass er mich immer gut und freundlich beraten und für weitere 6 Jahre – bisher – fit operiert hat.

Bei Dieter Schneider bedanke ich mich, weil er viele schöne Texte machte, die ich vertonen durfte.

Günter Klein und Walter Kubiczeck waren wertvolle Ratgeber und Unterstützer in meinem musikalischen Leben.

Dieter Gast, Horst Graubaum, Gerhard Huch, Gerd Kelle und Hermann Klaus – alle inzwischen verstorben – haben mitgeholfen, den Karren am 1. Oktober 1950 ins Rollen zu bringen und für spätere Erfolge zu sorgen.

Als ich neulich einen Anruf aus Ahrenshoop bekam und ein früherer Stammgast sich eine CD mit dem Titel *Der Fahrstuhl nach oben ist besetzt* wünschte, bahnte sich eine neue Brücke der Erinnerung zu alten Zeiten an, die ich in Ahrenshoop, einer Oase im Kommunismus, erleben durfte. Einige ausgesuchte Menschen, die mit dem Begriff »Fahrstuhl« noch was anfangen konnten, bekamen daraufhin eine CD über die Adresse dieser Dame zugespielt. Ich konnte mir von ihr anhören, dass damit eine Lawine losgetreten worden sei und sie die Ansicht vertritt, mir wegen meiner Leistung von damals ein Denkmal in Ahrenshoop zu errichten! Muss ja nicht ganz so groß sein wie das von Karl Marx oder Otto von Bismarck.

Anhang

Hochzeit von Erika und Heinrich Hurdelhey 1921

Heinrich und Emma Hurdelhey

Paul Hieronymus

Mariazell 1940, RH dritter von links

IM
KRIEGSEINSATZ
DER JUGEND

zur Sicherung der Ernährung
des Deutschen Volkes bewährte sich der

Rolf Hundelhey

Schüler der 5. Klasse

der Grunewald-Schule

in der Zeit vom 14.4. bis 25.10.

STETTIN, den 24.10. 1942.

Der Führer des Gebietes Pommern (5)

Hauptbannführer

Rolf Schulanfang 1933

Acht Jahre schon besteht das Tanz- und Unterhaltungsensemble Rolf Hurdelhey.
Kenner der modernen Tanz- und Unterhaltungsmusik reihen dieses Ensemble
mit in die Spitzenklasse der Solistenensembles in der DDR ein. Zum ersten Mal
haben die Leipziger Gelegenheit, Rolf Hurdelhey in der Messestadt zu hören.
Zur Zeit gastiert er mit seinen „Spielkameraden" in der Tanz-Bar „Femina" am
Markt (Eingang Königshauspassage). Neben gepflegten Getränken und reichhal-
tiger Speisenauswahl hat der Gast nun in dieser weit über Leipzig hinaus
bekannten Tanz-Bar durch die Verpflichtung dieses Ensembles auch einen
musikalischen Genuß.

Kapelle Rolf Hurdelhey 1950

Familientreffen 1971

Mitmenschen

ROLF HURDELHEY vor seinem Haus. Foto: Jasper

Lieder aus Schildow

Eigentlich ein geborener und somit „waschechter Berliner", lebt Rolf Hurdelhey seit 1965 in Schildow. Im Telefonbuch ist er eingetragen als „Komponist", tatsächlich aber hat er nach eigenen Angaben schon immer „vielseitig gearbeitet". 1987 gründete er seine heute vierköpfige Kapelle, die „Märkischen Musikanten".

Im Kellerstudio in seinem Schildower Wohnhaus macht Hurdelhey alles selbst. Seine eigenen Kompositionen nimmt er auf und arrangiert sie auch. Nebenbei war Hurdelhey auch noch als Musiklektor bei einem Verlag tätig. „Über zu wenig Arbeit kann ich mich nicht beklagen, über zu wenig Verdienst schon cher", sagt er mit einem Lachen.

Gerade ist eine CD/Kassette mit dem Titel „1 000 Jahre Potsdam" von den „Märkischen Musikanten" erschienen. Die Idee zu dieser Produktion von neuen Brandenburger Liedern stammt von Hurdelhey. Elf der insgesamt 14 Titel hat er selbst komponiert. Natürlich sind alle Lieder von Hurdelhey bearbeitet und mit der eigenen Kapelle aufgenommen. Auf diesen Lorbeeren möchte sich der 1927 geborene Hurdelhey nicht ausruhen. Eine neue Musikproduktion mit dem Arbeitstitel „Flachland - Tiroler" ist bereits in Planung."

Barbara Jasper

Opa mit Enkel Ben im Duett

210

Record Serie

249

Dieter-Bohlen-Songs

Medley im Disco-Sound
Zusammenstellung und Arrangement: Rolf Hurdelhey

171

Horizont

Moderato-Beat
Text: Udo Lindenberg / B. Reszat
Musik: Udo Lindenberg
Arrangement: Rolf Hurdelhey

95

Swing in E♭
Musik: Johann Sebastian Bach
Arrangement: Rolf Hurdelhey

ROLF-HURDELHEY-COMBO
in Ahrenshoop 1955 - 1971

*Erich Kalweit holte uns
1962 wieder zurück nach
Ahrenshoop*

„Der Nordschleswiger" Dänemark

Die Märkischen Musikanten aus Brandenburg begeisterten in der Tingleffer Sporthalle...

Die Märkischen Musikanten aus die schon zum vom Deutschen nd, kamen mit stimmungsvollen ger Liedern schleswigschen är gut an

Die professionellen Musiker, die vor der Wende im Ostblock und im Balkan schon auf Tour waren, zeigten sich von ihrer besten Seite. Fanden gleich den musikalischen Geschmack der Anwesenden und sorgten somit gleich für die richtige Stimmung. »Das ist sicherlich nicht das letzte Mal, daß die Märkischen Musikanten aus Brandenburg bei uns aufgetreten sind« prophezeite Arnold Jürgensen.

Neu! Siggis Schlagerlexikon

von Siegfried Trzoß (Schlagerlexikon und Moderator der Internetsendung „Kofferradio")

Siggi Trzoß, Autor des DDR-Schlagerlexikons „Musik im Blut", stellt hier jede Woche einen ostdeutschen Künstler vor und verrät, was er oder sie heute macht. Wir starten mit Musiker Rolf Hurdelhey. Der in Schildow bei Berlin lebende Komponist, Instrumentalist und Sänger, der auch „Bill Ramsey des Ostens" genannt wurde, feierte am 4. Januar seinen 88. Geburtstag. Zur DDR-Zeit trat er als Sänger auf, spielte Klarinette und Saxofon und schrieb Arrangements. Nach dem Mauerfall gründete er die „Original Märkischen Musikanten". In meinem „Kofferradio" am 10. Januar auf alex-berlin.de wird Rolf Hurdelhey auf dem Sopran-Saxofon den DDR-Instrumentalhit „Bambus" spielen.

Volkssolidarität „Oranienburg-Altstadt"
Wolfgang Langner

Sehr geehrter Herr Hurdelhey,
der Auftritt Ihrer „Original Märkischen Musikanten" hat bei den Mitgliedern unseres Vereines eine solche Begeisterung hervorgerufen, dass wir Sie gern am **13.06.2017** zu unserem Sommerfest wieder erleben würden.

Bitte teilen Sie mir zur Erarbeitung eines Auftrittsvertrages Ihr Einverständnis mit.

Ich bin zu erreichen: Wolfgang Langner
Augustastr. 41
16515 Oranienburg
Tel.: 03301 / 205043

213

Musikalischer Werdegang

1943-44 – Musiker bei der KdF-Wehrbetreuung in Russland und Polen.

1945 – Eintritt in das Kurorchester der Stadt Blankenburg/Harz, dort Volontär mit den Instrumenten Klarinette und Saxofon. Zuvor privater Unterricht mit den Instrumenten Klavier, Klarinette und Saxofon in Berlin. Später noch Violine, Trompete, Posaune, Gitarre und Vibrafon.

Ab 1948 – 1. Alt-Saxofonist in verschiedenen Bigbands und Organisator bzw. musikalisch-künstlerischer Leiter von diversen Großveranstaltungen. In dieser Zeit auch privater Unterricht in Musiktheorie.

1950 – Gründung der eigenen Combo mit fünf Musikern. U. a. Engagements in Rostock, Leipzig, Chemnitz und seit 1955 alljährlich an der Ostsee, vorwiegend in Ahrenshoop und Rundfunk- und Fernsehsendungen bis 1971.

Ab 1958 – freischaffender Mitarbeiter bei den Musikverlagen *Lied der Zeit* Berlin und *Harth* Leipzig; bis 1990 Bearbeiter von mehr als 1000 Druckausgaben, hauptsächlich Orchesterarrangements. Viele Arrangements für Funkaufnahmen und Solisten. Mitautor an zwei Arrangier-Lehrbüchern und Verfasser von diversen Artikeln in der Fachzeitschrift *Melodie und Rhythmus*, auch Gastdozent an der Volkshochschule Sömmerda/Th. Etliche Kompositionen für Funk- und Fernsehaufnahmen (Gesang, Saxofon und Klarinette)

Bekanntgewordene Titel in den Schlagerparaden u. a.

Die Männer sind schon die Liebe wert (Gesang)

Heut ist was los an der Spree (Gesang)

Singe, kleiner Kolibri (Komposition)

Mir fehlt die flotte Motte aus der Ankerbar (Gesang)

Bambus (Komposition, Arrangement und Sopransaxofon-Solo)

Mein Vehikel (Komposition)

Ab 1971 – u. a. musikalisch-künstlerischer Leiter des Volkskunstensembles vom Bandstahlkombinat Eisenhüttenstadt – führendes Ensemble in der damaligen DDR. Ab 1978 die gleiche Position im Ensemble des Halbleiterwerkes, Frankfurt/Oder.

1987 – Anstellung als Lektor für Bandausgaben im Verlag Lied der Zeit Berlin.

Seit 1990 – Umbenennung NOVA-Plus in Original-Märkische Musikanten mit Engagements zu den verschiedensten Anlässen: u. a. BUGA, Potsdam; Grüne Woche, Berlin; Landesgartenschauen und mehrmals beim Tag der Deutschen in Dänemark sowie in Tschechien, der Schweiz und ganz Deutschland. Produktion von vielen CDs und MCs, z. T. im öffentlichen Vertrieb. Einsätze bei Funk-Fernsehsendungen.